彼とごはんと小さな恋敵

小宮山ゆき

JN267620

幻冬舎ルチル文庫

CONTENTS ✦目次✦

彼とごはんと小さな恋敵

✦カバーデザイン＝久保宏夏(omochi design)
✦ブックデザイン＝まるか工房

イラスト・のあ子✦

彼とごはんと小さな恋敵

——怪しい。

高野晴匡《たかのはるただ》がその子供に気づいたのは数日前。バイトの最中だった。

週三日ほどバイトをしているこの『高野マーケットストア』は、業務用食品や、シーズン外れの菓子や雑貨を安価で大量に仕入れては、店内、入口外とダンボールに山積みして格安で売る、なんとも無造作かつ雑多な店だ。

そんなオシャレとは程遠い店の駐車場に、その子は夜も暗くなった頃、一人でポツリと座り込んでいた。目についたのは、店でよく見るヤンチャな子供達とは違い、どことなく座り方が上品だったせいなのかもしれない。

店を閉めながら、ちょっと気になったのが最初。それから、その子を何回か店で見かけた。三回目は弁当を購入。そして四回目の今日。二リットルのペットボトルと出来合いの総菜を籠《かご》一杯に購入していた。

「買い物エライね。お母さんは外で待ってるの？」

店名の入った深緑のエプロンを制服の上から着たパート主婦の酒田《さかた》さんが、レジを打ちながら声をかける。うん、と頷《うなず》いたのを見て、買い物籠を纏《まと》めていた晴匡は嘘《うそ》だな、と確信した。この子はいつも一人で来ている。彼女も気づいたろうに、五十代ならではの落ち着きを見せて「そう」と穏やかに返した。

百八十センチを超える自分の腹ぐらいまでの身長しかない子供は、彼からするとかなり高さのあるサッカー台に荷物を置いて、頑張ってレジ袋に詰める。そうして大きなペットボトル入りのレジ袋を摑《つか》むと、おぼつかない足取りで店を出て行った。

「あらぁ、重そうねぇ。大丈夫かしら」

春の穏やかな陽気に合うのんびりとした声が、小さな背中を追う。その声につられるように、晴臣は子供を見送った。

「ハル君、お先にー」

「お疲れ様でーす」

夜七時過ぎ。パートのおばちゃん達に挨拶されて、晴臣は笑顔を返した。今日は棚卸のための早仕舞いだ。ウチの店では、こういう日が年に何回かある。

大学生にもなって親の店で働くのは、実は結構辛《つら》いものがある。周りに事情を知られすぎていてやりにくいし、人間関係にも気を使う。

いいところがあるとすれば、店で働く若者が少なく、若いというだけで無条件に愛されるところだろうか。自分も例に洩《も》れず、背が高いだけでモデルのようだと褒《ほ》められ、重い箱を持ってあげれば優しいと感謝され、並みの顔でも笑顔でいればハンサムだと言われる。おばちゃん達の若者への目線は優しく、苦労をねぎらわれては菓子をもらうこともしょっちゅうだ。

本音を言えば、年齢的に話が合わなくてさみしいと思うこともある。

できることなら若者の集《つど》うオシャレな店で働いてみたいのだが、手軽かつ安価な労働力を使わない親はいない。実戦で経営を学べという言葉に経営学勉強中の身では逆らえず、晴匡は利便性ある労働力の提供者となっていた。

自分が店で働かされている理由はもう一つある。

ご近所や客の状況チェックのためだ。ウチのように駐車場併設の店は、子供たちの恰好の遊び場になるだけでなく、犯罪や事件現場にもなりかねない。駐車場での車上荒らし、置き引き、子供の置き去り、連れ去り事件。全部他人事《ひとごと》ではない。万一、事件が起きると、当然客足にも影響が出る。常に目を光らせておく必要はある。自分はそのための要員でもあるのだ。

個人情報にうるさい今の時代、好きで関わりたいわけではないが、これも自衛だ。噂《うわさ》ほど怖いものはないので仕方ない。

だから、ちょっとでも怪しい雰囲気を感じると気にしてしまうわけで。

「あれは大丈夫だよな…」

あれから何度か見ている子供の姿を思い出して、晴匡は呟《つぶや》いた。

気にしすぎだ。深く考えることじゃない。あの子は多分小学生だ。それなら一人で外出してもおかしくはない。このご時世に、少し不用心だとは思うが…。

しかしあの子供は、夜もいた。在庫整理で偶然帰りが遅くなった時に気づいたが、あの日は十時を軽く越えていた。気配を察したのか声をかける前に逃げられてしまったが、何時間駐車場に座り込んでいたのか。あの状態はさすがに気にかかる。

――まさか子供一人で花見でもないだろうし。

晴臣は店の横にある細道を見た。駅から徒歩十分。駅に近すぎず、遠すぎず、かつ住宅街で過ごしやすい場所。それを象徴するような、穏やかな細道。駅と、開発でできた二つの大型マンション、店を繋《つな》ぐこの道は、両側に桜が植えられていて、地元民の密かな花見スポットになっている。

店はこの桜並木と大通りが交差する場所にあり、駐車場からは桜並木が見渡せるので、一部の人にはここも花見スポットとして人気だった。とはいっても、駐車場での宴会は近隣住民への配慮もあり、商店街行事の時しかできないので、大体の人はちょっと立ち止まって眺める程度だが。

――いや。ありうる、か？

悩みつつ、街灯に照らされた淡すぎる色の花を見る。

桜前線北上中。この辺りは数日前に通り抜けた。今が一番いい開花具合だから、可能性は

――やっぱりないな、と晴臣は思い直した。いくらなんでも無理がありすぎる。それにここは、ピンクの絨毯《じゅうたん》になった道が見える昼の方が綺麗《きれい》で…。

「こっちだよ、早く早く！」

ふいに、桜の向こうから子供の声がした。目を凝《こ》らすと、桜並木を風の如《ごと》く子供が駆けてくるのが見える。その後ろを、ラフな恰好をした小柄な男が追っていた。サラサラの髪を靡《なび》かせて走る子供を追い切れなくて、男が疲れている。

「ちょ、早いってっ」

「そっちが遅いの！」

言い返したのは、あの子供だった。

元気に叫んだあとで、「あー…」と声を出す。男がつられたように店を見た。

「閉まっちゃってるね…」

「ごはん…」

「うん…。どうしようか」

隣の男は父親だろうか。ジーンズに薄手のVネック、パーカーという学生と変わらない恰好のせいで、せいぜい二十代半ばに見える。

子供はすぐに、走り足りないとばかりに店の方へ駆けていく。これはチャンスだと、晴臣は近づこうと振り向き、思わず息を呑《の》んだ。

街灯のせいか、月明かりのせいか。男の大きな目は光を反射して艶《つや》めき、柔らかそうな髪は茜色《あかねいろ》と熟成したウイスキーを混ぜたような色になっている。琥珀色《こはくいろ》に染まっている横顔は、妙に綺麗だった。シャープな輪郭と、子供を追う眼差《まなざ》し。光に照らされた指先までもが、桜とあいまって見事に風景に溶け込んでいる。

映画のワンシーンのようで声をかけそびれていると、ふと男が振り向いた。戸惑った顔と目が合う。

「なにか？」

しまった。見すぎた。

「あの、花びらが」

早く自分の身分を言わないと、と思ったのに、とっさに口をついたのは全く関係ない言葉だった。

「は？」

「花びらがついてます、髪に」

「え、どこ」

ついている場所を指差すと、男がパパッと手で髪を払う。

「違う、そっちじゃなくて」

耳の上辺りに手を伸ばすと、晴臣は髪に引っかかっていた白く小さなものを指で摘《つま》んだ。

男の目の前に差し出す。

「これ」

渡すと、掌《てのひら》に乗ったハート型を見て、男が「ああ、ホントだ」と優しげに目を細めた。街灯に照らされた大きな目を見て、ハッと我に返る。

なにやってんだ。桜なんてどうでもよかったのに。ええと、どうやって本題に入ろう。ずばり直撃していいんだろうか。

「あの、今日はお子さんと買い物ですか？」

「あー、まぁそんなところで」

男がごまかすように頷く。ダメだ、なんか上手《うま》く話に入れない。もういいや、突っ込もうと、晴臣は男に向き直った。

「なら、ちょうどよかった。俺、あの店で働いている高野と言います。近隣の皆様にはいつもお世話になっております」

「あ、はい」

礼儀正しく頭を下げると、少々驚きながらも、こちらこそ、と返される。よかった。しっかりした人みたいだ。

「実は一度あなたとお話ししたかったんです。余計なことかも知れませんが、お子さん、最近夜にウチの駐車場で見かけるんです。何度も。昼間も毎回一人で買い物来てますし。ここ

は大通りで車もそれなりに通るし、夜に子供一人はちょっと危ない気がするので、できればお父さんの方で気にかけていただけると助かるんですけど」

なにを言われたのかわからなかったらしい。キョトンとしていた男は、少ししてかあっと顔を赤くした。

「すみません、ご迷惑を…！」

「いえ、こちらこそ差し出口を利いて」

あまりの恐縮っぷりに、こっちが驚いた。子供が夜出歩いているのは知らなかったようだ。

「あの…いつ頃からいました？」

「ええと、一週間以上前ですね。三日前からは毎日。時間短い時もありましたが――」

その言葉に、男の顔色が悪い方に変わった。

「そうですか…。本当に申し訳ありませ――…」

「昴《すばる》！」

男が頭を下げると、遠くから子供の声がした。小さな体が弾丸のように男の胸に飛び込んでくる。

「昴をいじめるな！」

「そうじゃないよ」

男が子供を止めた。

「違うから。大丈夫だよ、伊織《いおり》」

「ホントに？　こいつがいじめたんじゃないの？」

「違う」と男は首を振った。

「伊織。夜、家出てたんだね。危ないから出るなって言っただろ？　なんで出てるんだよ。俺、鍵閉めてるのに…」

「あ、その点は大丈夫。鍵持って出てるから。ちゃんと玄関閉めてるし、防犯バッチリ」

「そっちじゃなくて！」

突っ込んでから、男ははぁと溜《た》め息《いき》をついた。

「気づかなかった俺が悪いんだけど、頼むから危ないことしないで。俺、兄貴に顔向けできなくなるよ…」

「…ごめん」

子供がしょんぼりする。

「いいよ。でも本当にいつ出てた？　全然わかんなかった」

「でしょ？　バレないようにタイミング合わせてたもん。だって昴、仕事の邪魔にならないって言いながら、しょっちゅうこっち気にしてたじゃん。だから負担減らせたらいいなと思って」

誇らしげに言う子供に、男は困った顔をした。

「気持ちは有難《ありがた》いけど、心配するからもうしたらダメ。夜、一人で出歩くのも禁止だよ」

「えー」と子供が不満げな声を出した。

「買い物はしていいでしょ？」

オモチャをねだるように男を見上げる。心配なのか、男は微妙な顔をした。

「じゃあ料理させて？」

「ダーメ。包丁危ないだろ。俺でさえ上手く扱えないのに」

子供がなにか言いかけた時に、小さな腹がぐうぅーと鳴った。困った顔で見つめられて、男は苦笑する。

「どうしようか、ごはん」

「できたてごはん食べたい…」

子供がボソリと言う。

「そうは言ってもスーパー閉まってるし、冷蔵庫にロクなもんないし。コンビニに野菜ないよなぁ。どこか食べに行こうか」

「やだ、家がいい。二人で食べたい」

「なら弁当でも」

「もうあきた」

「よし、ピザだ」

子供は首を横に振る。「牛丼」「寿司《すし》」と続いたが、子供は首を横に振り続けた。どうやら全部食べ尽くしたらしい。

「ラーメンは？　出前にしようか」

「あの、すみません。いつもそういった食事なんですか？」

聞いていられなくて、つい口を挟んだ。

「全部外食で？」

「いや。たまには作るんですが、レパートリーが少なくてどうしても…。難しいですよね、料理って。この前ハンバーグに挑戦したんですが、途中で訳わからなくなっちゃって。目は痛いし、焼いてるうちにカチカチになってくし、玉ねぎは時折ビックリするくらい辛《から》いのに、味はぼんやりしてて」

「繋ぎ入れてちゃんと捏《こ》ねました？」

「へ？」

「パン粉とか卵とか。フワフワに作りたいなら豆腐入れてもいいですけど。玉ねぎも混ぜる前に炒《いた》めた方がいいですよ。下味つければ味もちゃんとしますし」

男が不思議なものを見たとばかりにまたたいた。少ししてから、食い入るように見つめてくる。

「料理できるんですか？」

「一応は。趣味なので」

「趣味！」

心底驚いたのか、男は黒目がちな目を丸くした。

「じゃ、じゃあ、もしかして他にも？　チャーハンとか餃子《ギョーザ》とかコロッケとか」

「ああ、できますよ。そういうの、結構得意です。ハンバーグやオムライスみたいな、わかりやすいやつも」

「オムライス…」

子供がポツリと呟く。ぐーきゅるるるるると腹の音が聞こえた。

「いいなぁ、オムライス…」

「うん…」

よほど腹が空《す》いているのか、子供がなにか言いたげに目線を向けてくる。男もうわ言のように呟いて、合わせるようにしてこっちを見つめてきた。俺を見られても…とは思うのだが、二人の目はなぜか自分に集中し、たじろぐほどに熱くなる。

二人の無言の圧力に負けた晴匡は、「よかったら作り方教えましょうか」と仕方なく声をかけた。

「俺は高野晴臣です。あの店でバイトしてます。ええと、お父さん…ではないんですよね？」

「はい。叔父《おじ》です。片平《かたひら》昴と言います。こっちは伊織。訳あって預かってるんです。あとなにがいるんでしたっけ」

「カット野菜と冷凍コーン。嫌いじゃないならプチトマトも」

「はい」

必要なものを買ってもらい、三人でコンビニを出る。コンビニから十分ほど歩き、彼――昴の住むマンションに着いた。

店からだと五分程度の距離にあるマンションの三階。十二階建てで、この辺りにある建物の中でも背が高い、高級タイプのマンションだ。

2LDKくらいだろうか。廊下を歩き、左手にあるダイニング兼リビングに招き入れられる。非常にシンプルかつシックな部屋は、二人住まいにしては結構広かった。ブラウンとクリーム色が基調の室内はどことなく大人《おとな》びている。リビングに置かれているデザイン性のあるソファーセットといい、子供の雰囲気をあまり感じない。

その奥のキッチンに、買った物を置かせてもらう。大きめのキッチンは新品同様で、日頃使われていないのがよくわかった。

「じゃあ早速やりますか。簡単なので」

「はい」

声が硬い。緊張してるのが横から見ていても伝わってくる。

「大丈夫ですよ。教えますから。ごはんありますか？」

「それなら炊飯器に」

昴に指差されて、晴臣は炊飯器を開けた。

「いい感じに古いですね…」

米は炊飯器の中で、既にチャーハン向きの姿になっている。

「だってそれ前にカレー作った時のだもん。昴はレパートリー三つなんだよ。カレーの時もすっごい時間かかって」

「伊織っ」

「でもオムライスには向いてますよ。ちょうどいい」

そう言うと、昴は驚いたように目を丸くしてから、ホッと笑みを零《こぼ》した。晴臣は昴にキッチンに立つよう促して、傍《そば》で切り方や使うものを軽く説明しながら、食材を手早く準備する。

「まずはフライパンを出して。あ、そうですそうです、上手い。それから熱くなったらこれを――ちょ、待っ」

「うお、あっち！」

入れるのが一足早く、残っていた水分で油が一気に跳ねる。焦ったあまり、フライパンの上にモロに出していた手をヘリにぶつけて、昴が飛び退《の》く。その勢いに、コンロの上でフライパンが暴れた。

「大丈夫ですか、早く冷やしてっ」

「あ、平気平気このくらい。よくあることだし」

平気……そうには見えない。どうやらかなり手強そうだ。晴臣は認識を改めた。

「わかりました。火は俺がやります。かわりに、これ洗ってみじん切りにしてくれますか？　コールスローを作りたいので」

「わかった」

それならできそう、と昴がカット野菜に取りかかる。ホッと一息した隣で、ザルで洗ってからまな板の上に置くと、昴は包丁を勢いよく振り下ろした。

「ちょ……！」

スパンと音が響いて、晴臣はヒッと身を竦《すく》める。

「危なっ。っていうか手！　その手！」

「え、手？」

不思議そうな顔をしたまま、昴は指を丸めることもせず包丁をナタのように振り下ろす。ターンという激しい音と共に、刃が指の近くを掠《かす》った。再度包丁を振り上げる昴に「ストップストップ！」と割って入る。

「危ないって！　なにやってんですかっ」

「や、違う。この包丁切りにくいんだよ。だからこうしないと」

「余計悪い！　そんな切れ味悪い物使っちゃ駄目ですってっ。一体どうやってカレー作ったんですかっ」

「ニンジンが転がるの、まな板の上で追いかけてたよ」

なんともわかりやすい一言が、小さめのダイニングテーブルからかかる。昴が不満げな顔をした。

「それはあっちが逃げるから」

「なるほど…」

悪びれない様子の彼と二人の会話で、見事にその時の状況が想像できた。これは出前を取るわけだ。この人に作らせたら、これから作る物も一時間以上かかるに違いない。

晴臣は二人の方を見た。「早く食べたい」と顔に描かれた、完成品を希望している二人と目が合う。

「…今日は俺が作ります」

晴臣は諦めてそう告げた。

「いただきまーすっ」

「どうぞ」

手際よく作ったオムライスは、薄焼き卵でふんわりとライスを包み込むタイプ。かわいい黄色い枕だ。卵がとろけるタイプとどちらがいいのか聞いたら、二人の答えはこっちだった。

ケチャップライスは鶏肉がわりにベーコンを刻んで入れたもの。皿の上にはミックスベジタブルとプチトマトを添えた。サラダはコールスロー。コーンとカット野菜のキャベツを和《あ》えて、マヨネーズと酢、塩コショウに少量の砂糖。至ってシンプルだが、二人の反応は非常によかった。

「おいしい……！」

一口食べて、子供の目が輝く。あまりにも素直な反応に驚いていると、その隣に座っていた昴の目も同じくらい輝いていた。

「すごい！　おいしいよ、これっ」

喜んで言われる。二人で「おいしいなぁ」「おいしいねぇ」と言い合いながら食べているのを見て、普段はどんな生活なんだと、晴匡は少しかわいそうになってしまった。

昴は自分が料理を作ってる後ろで「うわー、トントンしてる。見て、味噌汁のＣＭみたいだよ」と伊織に言っていたぐらいなのだ。まともな食生活は望めない。手料理を手離しで褒められるのは嬉《うれ》しかったが、普通の食卓を心底喜ぶ子供が不憫《ふびん》だった。

「簡単に作れるもの沢山あるので、たまには作った方がいいですよ」

「それが仕事と重なるとなかなか難しくて…」

「仕事?」と聞くと「昴はフリーのホンヤクカなんだよ」と伊織が口を挟んできた。

「大変な仕事なんだよ。ねぇ?」

「大変って言うか…まぁ波があって昼夜関係なくなる仕事だから、期日前はちょっと」

「ああ…それで」

この子は邪魔しないよう外に出ていたのか。

「俺が悪いんだ。仕事に集中すると他が目に入らなくなっちゃうから」

外出にも気づかないほど没頭…。翻訳家——家で仕事しているんだろうということはわかっても、その状態は想像できない。

「あ、そうだ。聞いてもいいかな。ひと月の食費ってどれくらいになるもの?」

「え? それは食べる物にもよるだ——んじゃないかと思いますけど」

急に敬語に直したことに、昴が笑った。

「いいよ。頑張って敬語使わなくても。俺も堅苦しいのは苦手」

「でも片平さんに失礼になるし」

「昴でいいって」

軽く言われる。どうやら無理が見えていたらしい。晴臣は言葉に甘えることにした。

「で、さっきの話だけど、食費この勢いだと七、八万かかりそうなんだよね」

「八万?! 二人で?」

「あ、やっぱり高いんだ? それで伊織が自炊するって聞かなくて」

「その半分もあれば、結構いいもん食べれるのに…」

「半分? 二人でだよ? それはいくらなんでも言いすぎでしょ」

「いやいや、四万あれば無理せずいけるはず。節約するなら三万かな。そのくらいでやってる人多いと思うよ」

「ホントに?」

「俺の周りだとそうだなぁ」

パートのおばちゃん達を思い出して答えると、よほど驚いたのか、昴がわずかに首を横に振っていた。

「信じられない…」

「そうかな、できるもんだよ。やってみたらハマるかもよ、楽しいし」

「そういうもの?」

「意外とね」

頷くと、昴は黙り込んだ。ふいに顔を見てきたと思ったら、にっこりと微笑《ほほえ》まれる。

「じゃあここでやってみる?」

「ん?」

晴匡はまたたいた。

「えーと…?」

「バイトして、それ実践してもらえないかな」

「…家政夫ってこと?」

「そう。いい案だと思わない?」

それはちょっと、と断ろうとして、晴匡は伊織が大喜びでオムライスに飛びついたのを思い出した。自分が断ると、この子はまたあの状態に戻るんだろうか。グーグーと腹を鳴らして、食べるものを求めて外に出るのか。それでなにかを食べられたとしても、添加物いっぱいの商品か、人が沢山いる場所での外食。腹は満たされても、くつろぐ時間にはならなそうだ。

人の家のことに口出しは無用。いつもならそうするが、この場合は助けた方がいい気がしてきた。少なくとも自分が作れば、彼らは食事を求めて、夜、街をさ迷い歩かなくて済む。

子供の頃は栄養も味覚も大事だ。この時期に、おいしいものや色んな味を食べて慣れさせた方がいい。化学物質や単一的な味では、味覚が育たなくなってしまう。あんなに立派なキッチンがあるのに、使わないのも勿体《もったい》ないし…。

考えながら、晴臣はキッチンに目をやった。最新型に近い設備と、大きくて新しめの冷蔵庫。人の手で荒らされていない――ろくに機能すら使われていないそれを眺める。

「あのさ。仮にそれやるとしたら、キッチン少し触ってもいいのかな。置き場とか…」

「自分のやりやすいようにってこと？　いいよ、好きにして」

「え、いいんだ？」

さらっと出た魅惑的な言葉に、心が疼《うず》いた。

金をもらって、このキッチンと冷蔵庫を触りたい放題――いや、使いたい放題。人の手垢《てあか》と癖がついていないこの領域を、自分のものにできる。

憧れていたキッチン生活をここで体験できるなら、これほど嬉しいことはない。

家の心臓であるキッチンを自分の手で作っていくのは、なににも勝る喜びだ。それも他人の家。そこに足を踏み入れ、キッチンを愛《め》でてはぐくむチャンスはあまりない。普通はまず立ち入らせてもらえないし、触れたとしてもその家のやり方がこびりついていてやりにくいのだが、このキッチンはまっさらだ。自分色に染められる。光源氏《ひかるげんじ》のように自分で育てたいと思っている身としては、願ったり叶《かな》ったりだった。

それに、これは食生活改善で人助けにもなる。

このキッチンで彼らに自分の手料理を出す姿を想像して、晴臣は悪くないと思った。雛鳥《ひなどり》を育てるみたいで、かわいかったからだ。

「俺、やってもいいよ」

「やったっ」

嬉しそうな顔になった昴の向かいで、伊織が膨れた。

「えー、カセイフやだ。僕がやるからいいよ」

「そう言うけど危ないよ。俺、兄貴と違って料理ダメだから教えられないし、忙しくなったら、傍についててあげることもできなくなるかもしれないし」

「大丈夫だよ。そのくらい一人で」

「そうはいかないんだってば。来てもらった方がいいって。そしたら好きなもの沢山作ってもらえるんだよ？　ハンバーグも卵焼きも。卵焼きなんて、好きなだけクルクル巻いてもらえるんだから。伊織、食べたいって言ってたじゃないか」

「卵焼き…」

好物なのか、伊織の動きが止まった。それでも嫌らしく、顔は渋っている。

「そんなに嫌？　絶対いいもの食べられるんだけどな」

「…昴は頼みたいんだ？」

「うん」

伊織は俯《うつむ》くと、しばらくして「昴がしたいなら、いい」とぽつりと呟いた。

「じゃあバイトは一回二人分、買い出しから後片づけまで終わらせて三時間で六千円。交通費、その他必要経費は別払い。あ、拘束時間が延びた場合もね。これ一応契約書。確認してサイン入れてくれる？」

即席で作った契約書を二枚受け取ると、晴臣はサインして一枚返却した。

店でバイトをしていることもあって、頻度はひとまず週二に決める。頻度を増やすのはある程度様子を見てからということで、早速バイトがない日の予定に組み込んだ。

「で、今月は火・金がメイン。時間は夕方からと。予定変わったら早めに教えて」

「それ、連絡さえすれば早く来てもいいのかな？　大学早く終わる時もあるんだけど」

大学、の言葉に、昴がバッと顔を上げた。

「そういう年なんだ？」

学生以外でこんな時間に働ける人はいないと思うんだが、なんだと思ってたんだろう。

「二十一――に見えない？」

「同い年ぐらいかと思ってた…」

一体何歳に見えていたのか。昴は目の前で異様に凹《へこ》んでいる。ということは、思ったより年上なのか？

「えーと。俺、敬語の方がいい？」

「や…。もういいや、そのままで」

念のため聞くと、疲れた顔で首を横に振られる。

「何歳か聞いていい？」

「あんまり言いたくないなぁ」

呟いてから、昴は諦めたように「二十七だよ」と小さく返してきた。


次に行った時、晴匡が真っ先にしたのは包丁を研ぐことだった。勿論《もちろん》、二種類の研ぎ石は持参だ。切れ味が悪くなった包丁ほど危険なものはない。荒目細目を器用に使い、スッと刃が通るまで研いで、晴匡は鋭く優しい切れ味にうっとりした。

家政夫をするのは初めてだが、思ったよりもこの仕事は性に合っていたらしい。使われていなかったかわいそうな器具を日の当たるところへ出してやり、キッチンを美しく磨く。そうやって整理していると、日々の疲れも取れ、心が和んだ。食を司《つかさど》る場所を握ったことで、男ならではの征服感も程よく満たされ、心地よくなる。唯一の問題は、伊織とのぎこちなさだった。

「えーと、こんにちは」

「…こんにちは」

「一人？」

「そ」

その日、伊織は一人リビングに座り込み、テレビを見ていた。手には小さな缶を持っている。その中に入れていた物なのか、手元で小さな色のついたなにかをいじっていた。

「それ、なんだ？」

覗《のぞ》き込むと、「なんでもない」と体を張って隠される。

「大丈夫だよ。取らないから」

そうはいっても、伊織は見せてくれない。大事な物なんだろう。晴臣は怖がらせないよう身を引いた。

「ところで昴……」

言ったとたん、ギッと睨《にら》まれた。

「昴のこと、呼び捨てにしないで」

「昴…さんはどこかな」

「昴になにか用？」

心なしか口調が冷たい。

「来週の献立を確認したいんだ」

言うと、伊織はぷいっと顔を背けた。

「昴なら部屋にいる。でも今は行っちゃダメだよ。忙しいから」

「仕事?」

「そ。また急なの入ったんだって」

伊織はクッション抱きしめたまま呟く。その姿がなんとなくさびしそうに見えて、晴臣はそれ以上追及するのを止めた。

とりあえず料理を作ることにする。

その間、伊織は無言だった。つけっぱなしのテレビもロクに見ず、時折一人で缶の中を見てはなにかを触っている。「なに作るの」と聞いてきたきり、近づいてくることもない。

子供はもっと、自分から『構って』アピールをする存在だったんじゃないのか。特に料理なんて興味津々《しんしん》で食らいつくはずだ。なのに、この素っ気なさと距離感。ここまで無視されると、自分がなにか悪いことしたんだろうかと思えてくる。

微妙な虚しさを感じつつ夕食を作り終えて、晴臣は昴の部屋をノックした。中から返事が来たので、扉を開ける。

「飯できたけど、どうする?」

「行くよ。ありがとう」

昨日の夜食だったのか、インタントやペットボトルなどのゴミが目に入る。ついでに片づけようと、晴臣は一声かけてから部屋に入った。

「ここ仕事部屋？」

「うん」

棚にはペーパーバックや学術系の専門雑誌。部屋の隅にはダンボールから溢《あふ》れた紙の束。資料が沢山ある。全部英語のようだった。

「すごいな。翻訳ってこんななんだ」

「資料部屋から持ってきたからだよ。急ぎで伊織の部屋にしたから保管場所がなくて、全部こっちに持ち込んだんだ」

「訳した本とかある？」

昴はハハッと笑って、席を離れた。

「ない。俺、そっちじゃなくて技術翻訳なんだ。取扱説明書や仕様書を何文字いくらでやるんだよ」

「へぇー。儲《もう》かる？」

「微妙かなー。同じ翻訳なら社内で仕事してる方が絶対いいね。社保入れるし、失業保険あるし、仕事の供給も安定してて」

「じゃあなんでフリーなんだ？」

昴は困った顔で笑う。

「それは気がついたらそうなっちゃったとしか…。まぁ気楽ではあるかな。そのかわり、困っても聞ける人がいなくて辛いことがあるけど。そっちは？　大学で何専攻？」

「経営」

「へぇー。あ、ごはんおいしそう」

部屋から出た昴は、食卓に用意された食事に目を輝かせる。

「昴っ」

昴を見るなり、パッと伊織の顔が明るくなった。さっきの自分への態度が嘘だったのかと思うくらい、笑顔で昴に駆け寄っていく。

「仕事終わった？」

「いやー…。でもこの後少しなら時間取れるから」

「そっか」

伊織がしゅんとする。

「そんな顔しないの」

残念そうな伊織に、昴は笑顔で軽く頭にチョップをかました。伊織はなぜか嬉しそうに微笑む。

「ほら、食べよ」

「うんっ」

弾んだ声で答える伊織を見ながら、晴臣は子供っぽい顔もできるんだなぁとぼんやりと思っていた。

伊織が自分だけに冷たいのが気のせいじゃなかったと気づいたのは、しばらくしてからだった。素っ気なさは、日が経つにつれて顕著になっていく。今ではハリセンボンかイガグリかと思うくらいツンツンして、触れなくなっていた。

理由はわからないが、自分はひどく警戒されているようだ。伊織は、異様に晴臣が昴に近づくのを嫌がった。

その日は昴に頼まれて買い物をしてきたのだが、届けようとすると通せんぼをして目の前を阻まれた。

「渡すものがあるんだけど、通してくれるかな」

「やだ」

優しく言っても通せんぼは止めてもらえない。こうも訝《いぶか》しまれるとこちらも困ってしまう。

「届けるだけだって」

「それなら僕が届ける」

「大事なものだから、直接渡したいんだ」

金銭に関わるからそう言ったのに、伊織は引かない。

「なんでそんなに俺を目の敵《かたき》にするんだ？　なにかしたなら教えてもらえると助かるんだが」

「昴に不審者近づけるわけにはいかないから」

「不審者…」

ひどい言われようだと思ったが、家の中に他人が入るのは、子供にとって不安なものなのかもしれない。小学一年と聞いたが、そのぐらいの年齢だと色々自分で考える頃だから、余計に不安になったのだろう。警戒心を持つのは悪いことじゃない——が。

「どうしてそんな風に思うんだ？」

「だって怪しいよ」

伊織はムッとしたまま言った。

「出会いからしてそうじゃん。なんで昴が一人の時に声かけたの？　しれっとした顔で家に入り込んで、どういうつもり？」

「それは…」

「昴が目当てなんじゃないの」

「二人とも、なにそんなとこで立ち止まってるんだ？」

奥の方から声がかかって、晴臣は顔を上げた。

「ああ、どうも」

晴臣はするっと伊織の傍を通り抜けた。手に持っている紙袋に気づいて、昴が微笑む。

「それ？　お勧めのヤツ」

「そ。これなら料理苦手でも使えると思う。千切りとかすごい早くできるし」

晴臣はレシートと釣りを渡した。切れ味が恐ろしく悪いピーラーを捨てるように進言して、そのかわりにと買ってきたものだ。

「俺にもできるかな」

「できるよ。早速今日使ってみようか？　どんな感じになるか雰囲気だけでも摑めるだろ。そうだ、メニューなんだけど、どれがいいか聞きたくて。この中で食べたい物あるかな」

「どれ？」

メモを開くと昴が覗き込んでくる。それを阻んでか、目の前に小さな塊が飛び込んだ。

「昴ダメ、それ以上近づいちゃ！」

ドスンとぶつかられて、昴は目を丸くする。真っ赤な顔で割り込んだ伊織を見て、不思議そうに声をかけた。

「なに、急に。どうしたの？」

「コイツ、昴のこと狙ってる」

「ええ？」

昴はキョトンとした。

「狙ってる！」

怒ったように言われて、困惑している。無理もない話だ。

「伊織、なに言って…」

「気をつけて、昴っ」

どうやら、自分はとことん疑われているらしい。

一体この誤解をどう解けばいいのか…。昴と目が合い、困り顔で笑われる。晴臣はどうしたものかと頭を掻《か》きながら、昴の腰《こし》にしがみついている伊織を見つめた。


その後、晴臣は伊織の発言をちょっとした勘違いということで済ませた。

『昴が目当て』の言葉が、財産狙いなのか、身体《からだ》狙いなのかわからないが、どちらにしても「そりゃないだろ…」という気分だった。

ひどい誤解だ。男好きに見えたのかと思うと地味にショックだったが、「ありえない」と否定するのも、なんとなく伊織を怒らせる気がした。

バイトを引き受けたのは伊織の食生活が気になったのもあるのだが、今それを言ってもダメな気がする。完全に自分の片想い状態だ。

「こんにちは」

「…こんにちは」

家に行くたび、伊織と同じ挨拶を繰り返す。歩み寄りは続けているが、成果は芳《かんば》しくない。ムスッとしたまま答えられ、両手に摑んだスーパーの袋をガサガサ言わせながら、晴匡は家に上がった。中に進むと、伊織は仕方なさそうに横に退《ど》く。

今日も伊織の機嫌はよくない。もっとも、それは自分が来たからだが。

「どうした。なにか嫌なことでもあったか？」

「…別に」

後ろから睨みつけてくる目は不機嫌そのものだ。完全に敵視されている。元々、最初から伊織はバイトをするのを喜んではいなかった。

しかしこの状態はまずい。どうにか打開せねば、と思い、晴匡は「あ、そうだ」とわざとらしく声を出した。

「好きな食べ物なにかあるか？　今度作るからさ」

笑顔を向けたが、伊織の顔はますます渋くなる。

「僕に取り入ろうったってムダだよ」

よくそんな言葉知ってるね、という台詞《せりふ》を、伊織は真顔で口にした。

「僕には全部わかってるんだから」

「え」

「昴はダマせても僕はダマせないからっ」

「いや、ちょっ」

弁解する間もなく、伊織が逃げてしまう。バタンと扉の音がして、部屋に籠もられた。これじゃアマテラスだ。

「まいったな…」

話したいのに、取りつく島がない。

本格的に嫌われていることに溜め息をついて、晴臣はキッチンに買ってきた物を置く。食材をテーブルに並べてからジャケットを脱ぐと、作るか、と気合いを入れ直して腕まくりした。

数十分後、料理をほぼ作り終えてから、晴臣は昴の部屋をノックした。振り向いた昴は、仕事で詰めていたらしく、若干髪が疲れていた。

「あ、ご飯できた?」

「大体は。もうじき米が炊《た》ける」

「そう。じゃあこの辺りで止めとこうかな」

指が跳ねて、パソコンのキーを叩《たた》く。音楽に合わせて指を遊ばせているような、リズミカルな動きだった。

「あのさ、変なこと聞いてもいいかな」

「うん？」

「なんでここであの子を預かってんの？」

聞きたい気持ちはわかったのだろう。昴は微妙に言いにくそうな顔をしたが、嫌がりはしなかった。

「お父さんはなにやってる人？」

「普通のサラリーマンだよ。今は九州の支店にいる」

聞いていいのかなと一瞬悩んだが、口にした。

「やもめ？」

「じゃないんだけど。うーん、説明が難しいな。別居婚なんだよ。義姉《ねえ》さんは数年前から海外で仕事してる」

だとしても、双方の親がいる。そちらに預けるか、親が連れて行けばいい話で、叔父である昴が面倒見る必要はない。

「兄貴の異動は短期なんだ。長くても半年くらいで済む。上司には伊織のこと話してあるから今まで色々考慮してもらってたけど、今回それもできなかったらしくて。状況わかってて頼むなんてよっぽどのことだし。数か月で転校させるのはかわいそうだって、近くに住んでた俺のとこに来たんだよ。ちょうど同じ学区内だったから」

「それでも、じいちゃんばあちゃんがいるんだろ？　子供のこと考えるなら、そっち頼った方が…」

えーと、と昴が口ごもる。

「そこもまた説明し辛くて。義姉さんの方はもう母親だけになってるから手一杯で頼れなくて、ウチは両方揃《そろ》ってるけど、なんというか…さっき、別居婚って言っただろ？」

晴臣は頷く。

「あれ、あんまり歓迎されてないんだよね。先進的すぎて」

……わかる気はする。

「別居が伊織の小さい頃に始まったから、余計にね。ウチの親は若干古風で、母親が働くことをあまり良しとしてないんだ。親が手をかけてあげないで子供がちゃんと育つわけないって思うタイプで…。悪気はないけど頑《かたく》ななんだよ。言ってることは正しいんだけど、自分達の信念を疑わない分、こっちの話を聞いてくれないところがあって。兄貴も俺も、昔からそういうとこが肌《はだ》に合わなくて」

それも、なんとなくわかる気がした。

「で、早めに家を出てるんだ。あんまり深い親交ないんだよね。伊織の突然の病気も、ウチより俺とか、向こうのお義母《かあ》さんとか、シッターさんにお願いしてたくらい。だから、こういう時に頼るとなにか言われると思うんだ。ほらやっぱり、って」

「ほらやっぱり」の言い方が結構リアルで、その状況が想像できてしまった。昴の両親は、自分も苦手かもしれない。

「勿論、言えば助けてくれるとは思うんだよ？　いざって時のこと考えて、兄貴は伊織をこっちに残したんだし。ただ女は家庭を守るものって考えだから、仕事を辞めないどころか、キャリアの道に進んだ義姉さんのこと、あんまりよく思ってなくて。躾《しつけ》はしっかりしてもらえるし、絶対ウチにいるよりいいものも食べさせてもらえるだろうけど、そういう環境だと堅苦しくて、伊織は息が詰まっちゃうんじゃないかって気がしてさ。伊織、あれで変に空気読むから、『相手が望む』いい子になろうとすると思うし。器用な分、それを周りにバレないよう上手くやりそうなんだよね」

――上手く？

「そうなのか？」

「そう！　俺、子供ってこんなに親や周りに気を遣うものなのかって、伊織見て知ったんだから」

「……」

だったら、その外面《そとづら》の良さをこっちにも発揮してもらいたかった。喜んで受け入れたのに。

「それで俺の方がバカやっちゃって、すんごい冷めた目で見られたり…」

それは意外だ。気持ちが顔に出ていたのか、昴は「昔ね、昔」と笑った。

「そういうの、兄貴も心配してってさ。自分の知らないところで母親のこと悪く言われたりとか、もしあったらやだろ？　預かるのは俺も最初ちょっと荷が重いかなって悩んだけど、伊織がここに来たいって言ってくれて」

「あ、一応料理できないことは言ってあるんだよ」と昴は言い訳のように言った。

「おいしいもの食べさせてあげられないよって言っても、それでいいって言ったから、じゃあいいのかなって…」

言ってから、昴は恥ずかしそうに笑う。

「でも伊織が想像してたのより、俺の状態ひどかったみたい。難しいよね。いくら昔から知ってても、たまに会うのと、毎日一緒に暮らすのはまた違うし。俺、子育ての経験もないから、気をつけなきゃいけないこととか、学校の準備とかわからないことばっかりで。俺一人じゃ、ごはんすらちゃんとしたもの食べさせてあげられなくて…」

「俺、そんなつもりじゃ…」

昴は穏やかな笑顔を向けた。

「わかってる。俺が言いたかっただけ。俺、仕事で手一杯になるとどうしても食事疎《おろそ》かにしちゃってたから、来てくれてすごく助かってる。ありがとう」

真面目《まじめ》に礼を言われて、晴臣は慌てた。

「別に、俺はバイトなんだし…」

「それでもさ。食事で伊織にあんなに嬉しそうな顔させるの、俺にはできなかったよ」

オムライスを作った日のことだろう。嬉しそうな昴と目が合って、晴臣は恐縮した。

それと同時に申し訳なくなる。伊織のためを思って頼んだはずの自分は本人に嫌われていて、楽しい団欒《だんらん》にはあまり協力できてない。

それに、自分を雇うのにも金がかかる。フリーと言えば聞こえはいいが、要するに出来高制。当然仕事にも波があるわけで…。

「俺、金もらってて大丈夫なのか？」

「それは平気。仕事なんだし。兄貴から多少もらってて、そっち回してるから」

「あ、そうなんだ」

少しホッとする。

「けど、なんで急にそんなこと聞きたくなったの？」

「それは…」

伊織の態度が気になったから、とは言えない。あまりにも昴にこだわっているからなにかあったのかと思ったのだが、話を聞いてみるとなんとも言いようがない。

どう言おうか悩んでいると、キッチンからピピッと電子音がした。

「米炊けたな。伊織呼んでもらっていいかな、部屋にいるんだ」

「わかった」

昴が軽い足取りで部屋を出て行く。伊織とのやり取りを廊下で聞きながら、晴臣は小さく溜め息をついた。

その後も晴臣はアタックを続けたが、伊織の態度は頑ななままだった。自分の前ではほぼ能面で、顔色一つ変わらない。一応「昴には興味がないから心配は無用だ」と言っておいたが、納得できなそうな顔をしていた。

多分、親を取られる子供の心境なのだ。こうなったら行動で誤解を解いた方が早い。そう思ったから『俺は無害ですよ』アピールと同時に、仲良くなりたいを前面に出して「なに食べたい?」「今日なにしてた?」と、ことあるごとに話しかけた。

「一緒に作らないか?」

こうなったら粘り勝負だと、今日も負けじと笑顔で料理に誘う。

しかし伊織の反応は冷ややかだった。無言で、すっと視線をテレビの方に向けられる。

「料理したいって前に言ってただろ? 俺、簡単なものなら教えてやれるし」

「…いい」

敵に習いたくはないのだろう。

「結構楽しいと思うぞ？」

伊織は無反応だ。困っていると、部屋からひょっこり昴が顔を出していた。

「料理教えてくれるの？」

「あ、ああ」

どうしよう。違う方が釣れてしまった。

「作りたいものあるのか？」

「俺、実は卵焼き覚えたいんだよね。伊織の好物だし。俺がやると、あれ必ず途中でグシャグシャになるから。いいかな？」

その言葉に伊織がピクリと反応した。その動きに、おや、と目が行く。このままいけば本命も釣れるかもしれない。晴臣はチャンスとばかりに、昴に向き直った。

「じゃあ今から一緒にやろうか」

「今から？」

「その方が教えやすいし」

その気になったらしい。昴が笑顔になる。

「そうだね。やろうかな」

「そういや俺、好物聞いてなかったな。なにが好きなんだ？」

「俺？　なんでも好きだよ。好き嫌いほとんどないし…。中でも好きなのは地味系かな。卯《う》の花《はな》とかヒジキとか煮物とか、おつまみにもなる、小鉢で出てくる奴《やつ》」

「そりゃまた、ホントに地味な…」

卯の花はあまり男の口からは出ない。若いと知らない奴の方が多いんじゃないだろうか。

「だから地味って言ったじゃん。家の味付けが和風だったんだよ。おいしいよね。いまだにあれ、どうやってできてるのかサッパリわかんないけど」

どう見ても卯の花の材料はおからで、ヒジキの材料はヒジキなんだが…と思って、晴臣はレパートリーが三つだと言われていたことを思い出した。

そうだ。忘れていたが、昴は最初の時もすごかった。

「一応先に聞いときたいんだけど、卵は自分で割れる？」

「それは俺をバカにしすぎ」

目の前で膨れられる。

すると、楽しげな様子が気になったのか伊織が近づいてきた。

「昴、するの？」

「うん。俺もそろそろ、伊織にスクランブルエッグ以外の物作ってあげたいし。伊織も一緒にやる？」

伊織は複雑な顔で黙り込む。

「あんなに料理自分でするって言ってたじゃないか。今教わっとこうよ」

昴の誘いにも頷かない。

「やろうよ。おいで」

「やるなら一緒に教えるぞ」

結局やるともやらないとも言わず、伊織はムッとした顔でこちらを見つめていた。

◆◆◆

「どうしよう…」

プリントアウトした自分の翻訳をチェックしつつ、昴はボールペン片手に呟いた。集中できなくて、自然と溜め息が零れる。

「俺、このままここにいていいのかな」

家政夫を頼んで三週目が終わったところ。そろそろ互いに慣れてきて、いいリズムができてきたかもと思っていただけに、晴臣からそう言われて驚いた。夕食を作る前に「話がある」と仕事部屋に来た彼は、言い辛そうにしてから、申し訳なさげに口にした。

「家政夫は別の人に頼んだ方がよくないか？」

「なんで？」

「多分俺、伊織に好かれてない…」

言われた言葉に、昴は呆然《ぼうぜん》と晴臣を見返した。寝耳に水だったからだ。けれど彼は真顔で――どうやら本気で言っているようだった。

「俺がいたら伊織の負担になるんじゃないかと思う。それなら伊織に合う人を探した方が、お互いのためにも」

「ちょ、ちょっと待って」

昴はたまらず口を挟んだ。

「そんなことないよ。だって伊織、ごはん喜んでたし…」

言ってから、あれが最初の時だけだったことに気づいた。それ以降は自分が「おいしいね」と話しかけたら「うん」と答えるが、思い返してみれば、伊織から率先して「おいしい」と言うことはなかった気がする。

「ちゃんと食べてるし…」

本当に嫌なら、伊織はどんなに勧めても口にしない。だから心底嫌ではないはずだ。そう思いながらも、自信のなさに視線が落ちる。

「伊織、そんな態度してる…？」

晴臣は困ったように微笑んだ。その顔を見て、しているんだと気づく。

「気づかないのは無理ないと思うよ。一つ一つは大したことないことだし、子供にはよくあることだって俺もわかってる。ただこのまま俺が続けるのは、伊織に相当ストレスが溜まるんじゃないかと思う」

その言葉で、昴は前に伊織が「狙ってる！　気をつけて！」と自分にしがみついてきたことを思い出した。

そうだ。兆候はあった。自分が問題にしなかっただけで。

「ごめん。俺、気づかなくて…」

晴臣がいると伊織がおとなしくなるのも、人が来ている間、澄ました顔をしているだけだと思っていた。二人きりの時みたいに気楽でいられないのは当然だと。

「それは気にしてない。けど、伊織は最初から賛成じゃなかっただろ？　ずっとそれが気になってて」

「それは…」

確かにそうだ。

「少し時間もらえるかな。ちゃんと伊織と話すから」

「そうしてくれると助かる」

淡々とした声で言われる。怒っているのとは違う声だった。

「これだけはわかってもらいたいんだけど、伊織は他の子よりやや警戒心が強いんだ。俺だって仲良くなるのに時間かかった。でも本当に嫌なら我慢しない。できないはずだ」

もしひどい態度をしているのなら、それは一種の甘えだ。他人にそんな甘えをするのは許されないことだが、本音を見せるのは伊織がある程度心を許している証拠でもあるのだ。

全てを置いても伊織が我慢することがあるとしたら、それは大事な人に関わっている時だ。祖父母、父親。……自分もそれに当て嵌《は》まっているのだと、言いながら気づく。

「すぐに懐くような子じゃないけど、できれば時間をあげてほしい」

「わかった」

晴匡はその場ではそう言って引いてくれた。しかし結論は早々に出さないといけない。

正直、晴匡に辞められるのは痛かった。

彼の働きは金額以上だ。料理は文句なしに上手いし、後片づけなどの作業は丁寧。年下とは思えないほどしっかりしていて、声をかける時もこちらの仕事状況を気遣ってくれる。どうやったらあんな息子《むすこ》に育つのか、後学のため、彼の両親に聞きたいぐらいだ。感謝こそすれ、不満は一つもない。本音を言えば手放したくない。

いなくなられるのは、生活の面でも困る。今も晴匡が来ない日の食事は出来合いだ。買い忘れた日も伊織にだけは頑張って用意しているが、晴匡が作る物と比べたら栄養も味も格段に劣る。

本来ならここで他の人を考えるところなんだろうが、それも気が進まなかった。晴匡以外と同じように上手くやれるか、自信もない。というより、そういう気分になれなかった。

晴臣に頼んだ時は、こんな不安はなかった。

彼は最初から優しかったから、そんなことを思う要素がなかった。

包丁一つ満足に使えない自分の姿を見ても、怒ることも見下すこともしない。慌ててはいたようだが、その時も、自分のことのようにこちらの怪我《けが》を心配してくれた。食べている姿をちょっと照れくさそうに眺める目は、見られた方が気恥ずかしくなるくらい嬉しそうで、その顔を見て、この人欲しいな、と思った。

この人が家にいてくれたらどんなに心強いだろう。食事も、今よりずっと楽しくなるに違いない。そう思ったから、その場で誘った。

彼の持っている雰囲気は、子供の頃に見た味噌汁のCMに似ていると思う。みんなが気負わずにいられる、あったかい家庭。悲しいことがあった時も、笑顔で迎えてくれそうな空気。行儀正しく会話のない、寒々しい食卓とは違う。子供の頃から憧れていた、家族の団欒そのものだ。

きっと彼自身が、そういう家庭で育ってきたのだろう。棘《とげ》を人に向けることも、自分に向けることもしない、愛されてすくすく育ってきた樹のような安定がある。

その空気は伊織も感じていたはずだ。本気で信用できない相手だと思ったら、伊織は徹底的に他人行儀になる。

だから大丈夫だと思っていたのだが、気をつけて伊織の行動を見ている内に、晴匡があぁ言った理由もわかってきた。

確かに、晴匡に対してだけ態度が違う。

彼の来ない日はいつもと変わらないのに、来た時点からピリピリと警戒している。晴匡は気を遣って伊織に話しかけていたが、伊織はそれすら無視していた。

自分がリビングにいると普段の態度が見えないかもと思い、仕事をしながら途中でトイレに寄ったり、洗面所に行ったりと、ちまちま家の中を移動して様子を見る。その結果、晴匡の言葉に納得せざるを得なかった。

あれは看過《かんか》できるものじゃない。

昴は仕事の手を止めると、腹を決めてリビングに向かって声をかけた。

「伊織、ちょっと来てくれるかな」

おいでと部屋から手で呼ぶ。伊織は嬉しそうに駆け寄ってきた。

「なに?」

やってきた伊織は、いつもの伊織だった。自分の前で伊織は変わらない。このところ忙しかったこともあって、声をかけただけで笑顔になっている。

昴は部屋の扉を閉めると、椅子《いす》に座って、できるかぎり伊織と目線の高さを近づけた。

「あのね、伊織。聞きたいことがあるんだけど…」

どう伝えていいのか悩んで、単刀直入に聞くことにした。

「彼のこと、嫌いなの？」

とたんに、伊織の顔が強張った。こちらを見る目が変わる。

「…なんでそんなこと聞くの？」

「なんでって、えっと…」

「あいつがなにか言った？」

「伊織…」

鋭い口調に、自分の方が頭を打たれたような気になった。

「あいつって、そんな言い方ないだろう。どうしてそういう風に言うんだ？」

「昴こそ、なんであいつを信じてるの？」

今の伊織は、目つきさえシビアだ。自分の見てきた伊織とは違う。

「正直言うと、あんまりよくは思ってないよ。でもそれって当然じゃない？」

伊織は大人びた顔を向けてくる。

「僕からすれば、昴の方が不思議だよ。突然話しかけてきた人を家の中に入れて。どんな人かわからないのに、なんで簡単に信じられるの。泥棒かもしれないんだよ」

混乱しながらも、話から事情を摑む。そういうことかと、昴は笑った。

「それは大丈夫なんだよ。契約する時にちゃんと確認取ってるから」

「そんなの嘘かもしんないじゃん」

「だからそれは――」

「昴、おかしいよっ」

珍しく出した大声に、笑顔が途切れる。

「だまされた後じゃ手遅れなんだよ。なのにあいつの味方ばっかりして！　僕とあいつのどっち信じるの⁈」

これは自分が思っていたより深刻だ。長らく気づけなかったことにショックを受けつつも、昴は椅子から下りて伊織の両手首を取った。互いの膝《ひざ》がつくほど近くに座り、伊織と向き合う。

「伊織、聞いて。俺は彼を悪い人だとは思ってない」

伊織は騙されてるんだと言わんばかりの顔をした。

「身元は確認してあるし、仕事もしっかりやってくれてる。その点では信頼してる。もしそういう意味合いで彼を嫌っているなら、それは心配しなくていい」

「……」

それが甘いんだと顔に書いてある。

「嫌な理由はそれだけ？　それとも彼に嫌なことされた？　もしそうなら、言って」

伊織は答えなかった。膨れて俯く。

「伊織。話してくれないとわからないよ」

「…なに言ったって、昴はあいつの味方するんでしょ」

「そんなことない」

昴はキッパリと言った。

「できることなら仲良くしてほしいとは思ってるよ。せっかく縁があって出会ったんだから。けどそれは彼を特別に優先するわけじゃないし、伊織に嫌なことを無理やりさせたいのでもない」

伊織は納得していないようだった。誤解を解ければいいのだが、それが無理なら本格的に晴匡に言われたことを考えないといけなくなる。

「ねぇ、伊――」

手をぎゅっと掴むと、伊織がその手を引いた。

「今はやだ」

両手をぎゅっと重ねるのは、仲直りの合図だ。

それを拒まれて、昴は苦笑する。

「…そうだね。もう一度、後で話をしよう」

自分も落ち着いて話せそうにない。時間を置いた方がいい。

「仕事忙しいんじゃないの？」

「伊織のことだからね。時間作るよ」

「僕、昴に迷惑かけたかったわけじゃない…」

ボソリと言われた。

「わかってる」

伊織は自分に迷惑をかけるのを嫌う。晴匡に対して思うところがあっても、口に出さなかったのはそのためだろうか。

「そうだ、今日はハンバーグなんだよ。伊織が好きだって言ったら作ってくれたんだ。よかったね」

喜ぶと思ったのに、伊織は笑顔にならなかった。それどころか顔が渋くなる。

対応を失敗したかもと思っていると、携帯電話が鳴った。受注先の会社からだ。

「ごめん、出るね。リビングに戻っていいから」

声をかけて、昴は携帯に出た。

「はい。お世話になっております。ああ、はい。この間の仕様書の…」

話をしていると、伊織が部屋を出て行く。

やり取りしながら、昴は十分ほどパソコンの前でいくつかデータの確認をした。急ぎの仕事を追加でもらい、携帯を切って、ふーっと椅子に背中を預ける。

——これでまたしばらく忙しくなるな。

月を跨《また》ぐと、更に伊織に構えなくなる。五月は決算前後と同じくらい忙しくなる時期なので当然なのだが、仕事にかかりきりになると、伊織のことが疎かになりそうで怖い。

だからこそ、本当は晴臣にここにいてもらいたかった。自分のかわりに、一時でいいから伊織を見てほしい。しかし本人がそれを拒むなら、どうしようもない。

さっきの伊織の不満そうな目を思い出して、昴は落ち込んだ。

――俺がダメなんだよなぁ。

こうしていると、しみじみ自分の力不足を感じる。

自分がしっかりしていれば、晴臣に言われるまでもなく気づけたし、二人にあんなことを言わせることもなかったのだろう。自分が頼りないから、料理さえも年下である晴臣に助けてもらっているわけで…。

ガチャンと激しい音がして、昴はビクッと目を開けた。

「どうした?!」

部屋を飛び出すと、割れた皿が見えた。床に食事が飛び散っている。その傍に、二人がいた。伊織は体を強張らせて俯いている。晴臣がこっちに気づいて、心配ないと手を振った。

「悪い、ちょっと手を滑らせて。すぐ片づけるから」

「伊織、大丈夫? 足怪我するからこっちに――」

「僕が割ったんだっ」

「伊織？」

「僕が割ったんだ。出てけって言ったっ」

「伊織…」

「こんな奴のごはんもう食べたくないっ」

伊織は目に涙を溜めて、キッと自分を睨みつけてくる。

「こいつ嫌いだ、クビにしてっ」

昴は戸惑いながら晴匡を見上げた。目が合うなり、晴匡はぎこちない笑顔になる。

「違う、偶然手が当たって…」

庇《かば》われて、すうっと血が引いた。半ば呆然と伊織を見る。けれど口から出たことは、思いのほか冷静だった。

「謝りなさい」

「いいって。俺は別に――」

「謝りなさい！」

強い口調に、伊織が口を噛《か》みしめる。目は強く抵抗したままだ。

「せっかく作ってくれたんだぞ。ひどいことしたってわからないのか」

「僕はそんなのいらない。してくれなんて頼んでないっ」

パンと響いた音に、伊織が目を見開いた。

ギョッとしたのは、傍にいた晴匡の方だった。伊織は頬《ほお》をぶった自分を、泣きそうな顔で見つめてくる。

「おい…！」

「そんな聞き分けのない子は嫌いだ」

その一言で、伊織はうわああんと泣き出した。バタバタと部屋に駆け込む。追いかけようとした晴匡を、昴は「行かなくていい」と強い口調で止めた。

「先に片づけないと」

「あ、ああ…」

破片を残してはおけない。晴匡もそっちが大事だと思ったのか、一緒に手伝ってきた。二人で黙々と、食べられなくなった伊織の好物と皿の破片を拾う。

細かい欠片《かけら》を拾った時に、指先にチクリと痛みが走る。指先に滲《にじ》んだ血を見ながら、昴は口の端を緩めた。

その顔は泣きそうに見えていたのかもしれない。憐《あわ》れむような視線を感じて、昴は晴匡の手が指に触れる前にすっと腕を引き、傷を隠した。

「…ごめん」

今は触れられたくないし、慰められたくもない。

これは伊織の痛みだ。自分が気づけなかった痛み。晴匡まで巻き込んでしまった痛み。いい年して、自分はなに一つ、まともにできていない。

「本当にごめん」

呟いた言葉を、晴臣は黙って聞いていた。


コンコンと伊織の部屋をノックしたのは、一時間以上過ぎてからだった。

「入るよ。いい？」

「やだっ」

「入るから」

「絶対入んないでっ」

断られたが、入る。この部屋は窓がない。四畳ほどの広さしかないこの部屋は、元々の用途は荷物置き場――いわゆるサービスルームだ。その部屋に置かれた布団《ふとん》に、伊織はダンゴ虫さながらに丸まっていた。

「彼ならもう帰ったよ」

返事はない。

「お腹《なか》空いてない？　おにぎり作ったんだけど」

空いているのだろう。少しだけ布団の中が動いた。が、出てこない。

「顔見せて」

優しく言ったが、伊織は布団から顔を出さなかった。布団をめくるとビックリした顔をしていたが、逃げ出さなかった。

目が合って、昴はハハッと笑う。

「まだ目赤いね」

伊織は泣き腫《は》らした目を敷布団に落とした。

「これ、食べない？」

おにぎりを差し出す。海苔《のり》が巻かれた歪《いびつ》な形のそれを、伊織はじっと見つめた。その様子をしばらく見つめてから、昴は膝を折って向き合う。

「ね、なんであんなことしたの？」

伊織は答えない。

「俺は伊織が優しい子だって知ってるし、ああいうことしたのはそれなりの事情があるんだって思ってる。俺がそうさせたのかもしれないとも」

「ちが…っ」

「あれ、本気で言ってた？」

「……」

目が落ち込んでいる。本気なら、ここまで落ち込むこともない。少なくとも伊織は、自分が悪いことをしたと思っているのだ。

しばらくすると、おにぎりを見つめ続けていた伊織が、ぽつりと口を開いた。

「昴は、あいつだけいればいいの…？」

言っている意味がわからない。

「僕よりもあいつが好き…？」

昴は予想外の言葉にまたたいた。

「僕はもういらない…？」

「なんでまたそんな…」

「だって昴は僕としない話も沢山あいつとするじゃないかっ。僕じゃなくてあいつとっ」

大きな声にドキッとした。

「料理だって僕がするって言った時は話も聞いてくれなかったのに、あいつが言ったら教われって言った。ダメってずっと言ってたのに…！」

言い放って、伊織はまたじんわりと目を滲ませる。

「あんな奴大嫌いだ、ズカズカ入り込んできて、自分の家みたいにして…！　ここは昴と僕の家なのにっ。僕が一番昴を好きなのに…っ」

「伊織…」

「絶対僕なのに……！」

悲痛な声に、昴はようやく伊織が晴匡の存在でどれだけ追い詰められていたのかを知った。晴匡が家事をするほど、伊織は自分の居場所を奪われたと感じていたのだ。貢献したくても止められて、その様子を眺めていることしかできなかった。自分の無力さに、今までどれだけ歯噛みしていたのだろう。

伊織はその不安すら言えなかった。自分のために、呑み込んでいた。

「知ってる」

言い切って、昴は伊織の手の甲に手を重ねた。

「ちゃんとわかってるよ。伊織」

ゆっくりと言い聞かせるように言う。

「伊織をいらないなんて、そんなことあるわけないだろ？　好きだから一緒に住もうって決めたんだよ。それは、絶対にない」

伊織がひくっと喉《のど》を鳴らした。

「嫌いって言った……っ」

「出てけとか言っちゃう伊織は嫌いだよ」

その言葉に、伊織はビクッと怯《おび》えた。

「でも、いつもの伊織は好き」

伊織がそろりと顔を上げる。

「大好き」

笑顔でそう伝えると、伊織の顔が崩れそうに歪《ゆが》んだ。我慢できなくなったのか、ぐすぐすと泣き始める。

こんな風に、伊織が泣くことは少ない。自分は数えるくらいしか見たことがない。気がついた時には大人びた口調になっていて、いつのまにかそれを自然に感じていた。

だが伊織は子供だ。年相応の、さみしがりの、子供。

この強がりに、もっと早く気づくべきだった。親と離れていて、伊織がさみしくなかったはずがない。伊織が頼れるのは自分だけだったのに。

「さみしい思いさせてごめんね」

頭を撫でてやると、伊織が服にしがみついてきた。ひくひく泣きながら甘える伊織を両手で抱きしめる。

腕の中の伊織は、自分が思っていたより小さかった。自分の胸まで届かない背丈。細い腕。どんなに大人びた顔をしていても、生まれてからまだ六年。伊織は自分の四分の一程度しか生きてない。

自分の居場所を欲しがって当たり前だ。自分一人を見てもらいたいのが普通。父親ではない人の傍で生活していれば、その欲求が深くなるのも当然のこと。自分はこんなに小さな伊織に、泣くほどの不安を与えていた。

伊織にあんなひどいことをさせてしまったのは、自分だ。

「次会った時、謝れる?」

伊織が手の中でピクンと震えた。

「俺も一緒に謝るから、謝ろう?」

伊織は顔を上げると、しゃくりあげながら何度か頷いた。その小さな頭を撫《な》でてやる。

自分が伊織の拠《よ》りどころになっている、その事実を嬉しく思い、その分、その責任の重さを実感する。

赤ん坊の頃から成長を見ていても、自分は未婚だからと、どこか他人事に思っていたのかもしれない。面倒は見ても父親とは違うと思っていたし、親がわりができるとも思っていなかった。

自分なりに頑張ればいい。慣れないことをして嘘っぽくなるより、その方がいいとさえ思っていた。精一杯やれば許されるだろうと、甘ったれた考えで…。

けれど父親じゃないからこそ、余計にしっかりしなければいけないのだ。揺らいではいけない。口先だけでごまかすのもダメだ。絶対にバレる。

真剣に向き合わなければ。伊織を失望させたくない。失望されたくも、ない。

「仲直りして、またハンバーグ作ってもらおうね」

こくりと頷いた伊織の頭を、昴はグシャグシャと掻き回した。

「よし、じゃ泣くの終了っ」

明るく言い放って、昴はポンと背中を叩く。

「ほら、食べて。形悪いけど味は悪くないと思うよ？」

なんとか笑顔を見せた伊織は、必死に泣き止むと、鈍い動作でモソモソとおにぎりを食べ始める。それでも涙はなかなか止まらない。

涙をこらえながら食べる姿に、もうこんな思いはさせないと誓いながら、昴はそっと小さな背中に手をやった。


次に晴匡が来た時、昴は伊織と二人で真っ先に謝った。家に入るなり頭を下げられて、目を丸くしていた晴匡は、驚くほどあっさりと許してくれた。緊張から解き放たれてホッとしたのか、満腹になったからか、夕食を終えた伊織はソファーで眠りに入っている。

「寝ちゃったのか」

「うん」

伊織に膝掛けをかけて、起こさないようにと、二人で反対側のソファーの足元に座る。フカフカのラグで足裏がちょっとくすぐったい。テーブルには、晴匡が淹《い》れてくれたコーヒーがある。昴は一口飲むと、カップをテーブルに戻した。

「今日は伊織を許してくれてありがとう。伊織、昨日謝るの怖がってたんだ。許してもらえなかったらどうしようって」

晴匡は「まさか」と軽く笑った。

「子供のしたことだし。それより、あれから大丈夫だったのか？」

「まぁどうにか」

「そっか。よかった、気になってたんだ。俺が余計なこと言ったせいかなって」

「違うよ。あれは言ってくれて助かった。本当に…」

言いながら、昴は晴匡を見つめる。そして改めて向き直った。

「嫌な思いさせたこと、保護者として改めて詫《わ》びるよ。本当に今回は申し訳ないことをした。すまなかった」

「もういいって」

頭を下げると、終わったことだと手を横に振られる。

「ホント俺、気にしてないから」

「…バイト、辞めないでくれるかな？」

「そっちが大丈夫なら。俺はできるなら辞めたくない」

「よかった…」

ホッと一息ついていると、なぜか同情しているような目で見つめられた。

「それにしても大変だな。小学生なんて、親でも扱いに困ることありそうなのに。独身で世話って難しくないか？」

「本当にね。俺、改めて兄貴を尊敬したよ。親って大変なんだなって思った」

本音を漏らすと、晴匡がこちらを窺《うかが》うように視線を向けてくる。

「今回の件があって伊織のこと色々考えてたんだけど、考えれば考えるほど、俺、軽はずみなことしたのかなぁって思えてきちゃって。なんか自信失くしちゃった」

明るく言ったのに、心配そうな目をされる。昴はあえてにこやかに笑った。

「いかになにも考えず接してきたのか思い知らされたよ。自分が子供の頃、どういう風にされたかったかなぁとかも考えて…」

明るい芝居は長くは持たず、昴は小さく息をつく。

「思えば、子供の頃ってすごく重要なんだよね。一日も長く感じてたし。自分の行動の一つ一つも、もしかしたら伊織に取り返しのつかない影響を与えてるかもしれなくて」

そう考えると、自分がしていることが恐ろしくなる。今までそれに気づかなかった自分の軽さが、余計に怖かった。

晴匡はいつからそれに気づいていたんだろう。少なくとも、自分より前だ。忠告をしてくれたのだから。

「ほら、前言われただろ？　祖父母がいるのになんで俺に…って。親に頼んだ方が正解だったのかなぁとか」

「別にそうは思わないけどな」

言われて、昴は晴臣を見た。

「俺は、今の状態がいいと思うよ」

有難い慰めに、昴は力なく失笑した。優しい言葉も気遣いに思えてしまい、心が晴れない。

「そうかな…」

「昴は伊織に愛されてるから。だからこそ、あんなに俺に反発したんだろ？　それに伊織は、昴の傍だとノビノビして見えるよ。ワガママだって、言える環境じゃなきゃ言えない。そうやって甘えられるのって、一番いいことなんじゃないか？」

さらっと言われて驚いた。

「血縁とは言え、こんなの誰にでもできることじゃないし。少し見ただけの俺が言うのもなんだが、頑張っててすごいなって思うよ。年齢的には遊びまくっててもおかしくないのにさ」

淡々と褒められて、思わずまじまじと顔を見てしまった。それに気づいたのか、晴臣が若干引く。

「え、なに…？」

「いや、思考がおじいちゃんみたいだなって思って…」

「ちょっ！　人が真面目に言ったのにっ」

「ごめんごめん」

怒る姿がかわいくて、昴は軽く笑う。

「優しいんだね。ありがとう」

目を丸くした晴臣は、戸惑ったのか、照れくさそうに顔を背ける。うっすらと色づいたうなじを眺めながら、昴の胸はじんわりと暖かくなっていた。

◆◆◆

そして今日も、晴臣は家政夫のバイトに来ている。

「なにしてんの？」

あのケンカの日から、伊織の自分への態度は軟化した。まだ多少ぎこちなくはあるが、今では家に行くと、気を遣っているのか、伊織の方から話しかけてくる。

「んー。時間があるから軽く掃除しようと思って。一緒にするか？」

「別にやってもいいけど」

「じゃこれな」

晴匡は雑巾を手渡した。伊織は「余計なこと言った…」という顔をしながらも、渋々拭き掃除を手伝う。その傍で、晴匡は次々と部屋を片づけた。拭き掃除が終わった伊織にも追加で手伝わせる。

掃除を思い立ったのは、部屋が結構乱れていたからだ。昴は仕事が忙しくて、ここまで手が回らないんだろう。リビングはしばらく片づけから遠ざかっている感じがする。

ならば少しぐらいこちらで綺麗に…と思って始めたのだが、やっていると意外と伊織が片づけを手伝えることに気づいた。まだ態度は少しツンツンしているが、それでも言うことを素直に聞くし、手際もよい。かなりの戦力だ。

そんなことに感心していたせいか、手が滑った。部屋に点在していた物を纏めていた腕から、小さな缶が零れる。

「あっ！」

床に缶の中身が散って、伊織が顔色を変えた。怒って駆けつけてくる。

「なに僕のに触ってるんだよっ」

「悪い」

拾おうとしゃがんだ晴匡は、見覚えのあるマークにまたたいた。

「うわ、懐かしいなぁ」

指で小さな紙片を摘んで、しげしげと銀色で印刷されたキャラクターマークを眺める。

子供の頃は誰もが一度は憧れる、小さなチョコ菓子についている当たりマーク。十枚集めると、秘密の缶詰が当たるというものだ。なかなかマークが出てこないので、当たりを集めていても自然と失くしてしまうことが多い。実際自分も子供のころ集めていたが、二、三枚溜めたところで失くしてしまった。

「すごいな、こんなに。集めてるんだ？」

伊織はコクリと頷いた。大事そうに紙片を拾う。

「昴に見せてあげなきゃいけないから」

「昴に？」

呼び捨てにしたことに気づき、しまったと思ったが、伊織はそこに気づかなかったらしい。じっとマークを見つめている。

「このお菓子、昴が前にくれたことがあるんだ」

ぽつりと伊織が言った。

「昴はなぐさめる時、お菓子くれるクセがあるんだけど。いつだったかなぁ、昴の前で当たりが出たことがあるんだよね」

伊織は思い出したのか、楽しそうに笑う。

「いつも僕が食べてるの横で見てるだけなのに、その時は昴の方が大ハシャギして。急にテンション高くなったから、僕はなにが起こったのかわかんなくて」

それはきっと、伊織のさみしさを大きく埋めた出来事なのだろう。泣くのをこらえていた時、伊織の傍には昴がいたのだ。

「その時、これを集めてプレゼントもらうの夢だったって昴が言ったんだ。それで約束したんだよ。僕が、見せてあげるって」

伊織は嬉しそうに、当たりマークを見つめる。

「だからこれだけは、絶対に僕がするんだ」

目をキラキラさせる伊織に、晴匡はなにも言えなくなった。

この缶の中身が、伊織にとって大切なのはわかる。伊織が、昴を特別に思っていることも。自分が甘えられる、数少ない大人。自分のさびしさをわかってくれる大人。伊織の目には、昴が他とは違う大人に見えていたのだろう。

自分に素っ気ない態度を取るわけだ。これほどまでに好きなら、昴に近づかれるのはさぞかし怖かったに違いない。

「そっか。なら大事にしまっとかないとな」

晴匡は丁寧に、マークを拾い集めた。マークは七つ。結構溜まっている。

「これ、もう一息だな」

「うん」

頷く伊織の横顔は、いつもと違って子供らしく見える。かわいさに、つい頭に手をやったら、伊織は目を丸くした。が、跳ねのけようとはしない。

「よし、じゃあ続きやるか」

伊織に声をかけて、晴臣は掃除を続行した。一通り目ぼしいものを片づけて掃除機をかけていると、扉が開いて昴が仕事部屋から出てくる。

「うわー。部屋綺麗になってるっ。もしかしてずっと片づけてくれてたの？」

リビングを見て、昴は嬉しそうに辺りを見回す。

「時間あったから、伊織と一緒にしてた」

「ありがとう。そろそろやらなきゃと思ってたんだ」

「伊織もありがとね」と頭をグリグリ撫でられる。伊織は何気ない顔をしていたが、エライと褒められて、口元が嬉しそうに緩んでいた。

それを見ていた晴臣は、そうだ、とソファーの上に積んでいたものを差し出す。

「これ、どこにしまえばいいのかな。置き場がわからなくて」

「ん？　うわあああっ」

畳まれた洗濯物の上に置かれた下着に、昴は突然叫び声を上げた。奪い取る勢いに、自分どころか、傍にいた伊織までビクッとなる。

「干しっぱなしだったから、二人で取り込んだんだが…」

「これはいいっ。触らなくていいからっ」

真っ赤になって下着を洗濯物の真ん中に押し込む姿に、悪いことしたな、と反省する。男同士でそこまで恥ずかしがられるとは思ってなかった。ビキニやきわどい下着ならまだしも、普通のボクサーパンツでその反応。昴は恥ずかしがり屋なんだろうか。

「わかった。じゃあ俺、食事作るよ」

とりあえず今のは見なかったことにしようとキッチンに向かうと、「あのっ」と声をかけられた。振り返ると、洗濯物を抱えた昴と目が合う。

「あのさ、前から思ってたんだけど、どうせなら夕食多めに作って一緒に食べてかない？」

「え…」

「一人だけ食べないってのもさみしいでしょ」

そりゃ手間は大して変わらないから、そうできたら自分は有難いが…。

その先を口にするわけにもいかず、視線が伊織へと向く。伊織はちらりとこちらを見るとすぐに目を逸《そ》らして
「いいんじゃないの、それで。僕は…かまわないし」

とそっぽを向いたまま、呟いた。

その日から、晴匡は昴達と一緒に夕食を食べることになった。慣れというのは恐ろしいもので、晴匡はあっという間にこの食卓に馴染《なじ》んでしまった。

今では自分の家よりも、この家にいる時の方が居心地いいくらいだ。実家で母親を気にしながら使うより、好き勝手やらせてくれるこの家のキッチンの方が落ち着ける。

多めに作るようになったついでに、作り置きも始めた。タッパーを買い込んで、冷蔵庫を整理する。ほとんど物が入ってなかった冷蔵庫は、キッチリとタッパーで埋められていく。

「なにこれ、どうしたの？」

それに驚いたのは昴だった。タッパーだらけの冷蔵庫に目を丸くしている。新製品だからと六ドアの大きな冷蔵庫に飛びつき『大は小を兼ねる』という理由だけで買った昴にとって、冷蔵庫は飲料と調味料の保管庫でしかなかったのだろう。

「作っといた。常備菜」

ビックリしたようにこっちを見られる。

「これがあれば、米だけで飯食えるだろ？　俺は週二日しか来れないし、他の日はこれ使っといてもらえばいいかなって思って。一応食べてほしい期限も書いといたから。長期保存物はこっちに入ってる」

引出しの冷凍庫を開けて、並んでいるジッパー付きの保存バッグとタッパーを見せる。整列されたそれらを、昴は啞然《あぜん》と見つめていた。中身はそれぞれフセンに書いてある。蓮根《れんこん》のピリ辛胡麻《ごま》炒め。卯の花、ヒジキ、キンピラ、浅漬け。ほうれん草のおひたし。タッパーにはかぼちゃの煮物。あんかけの肉団子やロールキャベツ。

先日聞いた昴の好みも反映したつもりだったが…晴匡は無反応なのが気になってきた。

「悪い、勝手にやっちゃって。その…迷惑だったかな」

「ううん！　これ、かなり嬉しい…」

ありがとうと言われて、ホッとした。

「あ、そうだ。これ」

「ん？」

「よかったら、次選ぶ時の参考にして」

昴にメモを差し出す。ここに来る前に走り書きで纏めたものだ。

もっちり、やわらかめ、歯ごたえ重視。甘いの。冷めてもおいしい。それぞれに矢印がついて、いくつか米の銘柄に繋がっている。

「米がもうじき切れるんで、好きなタイプ買った方がいいかなと思って」

昴がメモを見る。知らない銘柄が多かったのか、目が泳いでいた。

「…お勧め、どれ？」

「俺はやっぱり『コシヒカリ』かな。『あきたこまち』もいいけど、もっちりが好きだし」

「じゃあ、それにしようかな」

笑顔で言われて、なぜかこっちが戸惑ってしまった。

「あ、伊織にも聞いてから決めるよ」

「そ、そうだよな」

「うん」

なんでもない話をしているだけなのに、妙に気恥ずかしくなる。

「いいのかな。こんなにしてもらっちゃって。どうしよう、なにか礼を…」

「いいって。時間あるからしただけだし。安心して仕事できるようにするのが俺の仕事だから。それより、まだ忙しいんだろ。そっち大丈夫か？」

大丈夫じゃなかったのだろう。昴が微妙な顔をした。

「もう一息」

「じゃあ、それやっててていいよ。後でお茶持ってこうか。コーヒーでいい？　仕事中は濃い目のがいいよな」

聞くと、昴は戸惑った顔でこっちを見た。なにかためらっているのか、視線をさ迷わせた後、ぽつりと言われる。

「あのさ…すごく嬉しいんだけど、あんまり俺を甘やかさないでくれるかな？」

「え」

困ったような口調に、思わず固まった。

「そんなつもりなかったんだが…嫌か？」

「そうじゃない。本当に嬉しいんだよ？　ただあんまりにも優しくされると、俺の方がズルズル甘えそうで…。そういうの怖いだろ。俺、それでなくても今頼りっぱなしで、好意だってわかってても、際限なくして堕落《だらく》しかねないから…」

『堕落』という聞き慣れない言葉を恥ずかしそうに言われて、晴臣はぷっと噴き出してしまった。

「なんで笑うんだよっ」

「だって堕落って…っ」

かわいい。ツボに入った自分の前で、昴は不満げな顔になる。

「いいんじゃないの？　堕落」

「よくないから言ってるのに。フリーに必要なのは客観性と自制心なんだぞっ」

本気で言っているのがまたかわいくて、おかしい。笑いを止められずにいると、昴がムッとした。

「仕事するっ」

言い放って、仕事部屋に向かう。その後ろ姿に、晴臣は笑いをこらえながら「頑張って」

と声をかけた。

それからも、晴匡は昴の家で隙《すき》を見つけては色々と家事をした。元々家事は得意で、二人の世話をするのは少しも苦ではなかったし、甘やかされている、と困った顔を見せる昴に優しくするのは、なんだかとても面白かった。

純粋に力になれればと思って始めたことだったが、気づけば自分が一番楽しんでいた。上《あ》げ膳《ぜん》据《す》え膳《ぜん》片づけ洗濯。裁縫は苦手なのでしなかったが、かわりに、隙さえあれば部屋のものはピカピカに磨き上げる。ここまで来るとほぼ趣味だ。

必要以上に甘えないよう自制しつつも、手助けされるのはやはり嬉しいようで、昴は気恥ずかしそうに「ありがとう」と言う。その顔を独り占めできるのも、なかなか気分がよかった。

当初は頑なまでに昴に近づけようとしなかった伊織も、昴が人から優しくされているのを見るのは嬉しかったらしい。表情が明るくなり、気を張ったような痛々しさが和らいでいる。自分が家にいることにも慣れてきたのか、だんだん素も隠さなくなってきた。

最近では掃除を始めると、自然と手伝いをしてくれるようになっている。

「そうだ、伊織。これやるよ」

家に行った時、晴匡は当たりマークを集めていたチョコ菓子を差し出した。店で特売だったのでバイトの時に買ってきたものだ。伊織はパアッと笑顔になったが、こちらの視線に気づいたのか、すぐに引き締まった顔に戻した。

「言っとくけど、それとこれとは別だから」

言うなり、キッと睨みつけてくる。

「昴は絶対渡さないからね！」

「……」

そこの誤解は解けてないのか…と思ったが、それでいい気もしてきた。イチイチ突っ込むのも野暮な気がする。

「はいはい。わかったわかった」

突っ込むかわりに頭にポンポンと手をやると、伊織にペシッと手を弾《はじ》かれた。

「僕のことバカにしてるだろっ」

「してないぞー」

「してるっ」

「じゃあしてるかも」

「えっ」

ビキッと小さな顔に皺《しわ》が入る。

「はいはい、暴れるなー」

怒った伊織を、晴匡はひょいと抱え上げた。肩の上で細い体が暴れる。

「こら、下ろせっ」

「またそれ、買ってきてやるから」

ぐっと伊織が黙った。

「本当は今、すごく嬉しいんだろ。隠してもわかってるんだぞー」

「うるさいな、もう離せっ」

図星だったらしい。照れ隠しなのか、妙に軽快なスナップで、後ろ頭をポカポカ叩かれる。いたたた、と攻撃に耐えていると「仲良いね…」と声がした。振り向くと、部屋から出てきた昴が目を丸くしている。

「どうしたんだ。二人共、急に」

「ちょっとな」

伊織を下ろしてやると、一直線に昴の方へ駆けていった。昴の足にくっついてから、伊織は『勝った』と言わんばかりにこっちを見る。その姿にカチンときた晴匡は、少々からかってやろうと、笑顔で昴に近づいた。

「あのさ、夕飯の相談なんだけど」

「ん？」

近所のスーパーのチラシを見せると、昴が顔を近づけてくる。邪魔するようにこっちの足をグイグイ押してくる伊織に、昴の方が驚いた。

「どうしたんだよ、伊織」

「大丈夫。こういう遊びだから」

「そう？」

さらっと流されたことに余計腹が立ったのか、伊織がポカスカ足を叩いてくる。首をかしげる昴の横に隠れて互いに戦いながらも、晴臣はこの地味なやりあいを密かに楽しんでいた。


その後も晴臣は、伊織と顔を合わせるたびにミニバトルをした。主に昴を挟んでの戦いだ。もっとも、原因になっている本人はそれを知る由《よし》もないが。

それらは途中で戦隊ヒーロー同士の戦いになったり、警察と泥棒ごっこになったり、洗濯物早たたみ競争や『どっちが綺麗に物を磨けるか』競争になったり、意地悪なトイレ使用中の連続ノックになったりする。たわいない遊びだが、伊織と一緒にするのは楽しかった。

大学の課題はあれど穏やかな日々が続き、昴の家に行く日が待ち遠しくなる。その週は時間が空いたので、昴に頼まれたのもあって、追加で土曜日もバイトに行くことにした。家に邪魔すると、いつものように伊織が玄関を開けてくれた。昴はリビングでパソコンをいじっている。

「あ、もうそんな時間か。どうしよう、伊織。また今度にしようか。それとも場所変える？」

「別にいいよ、このままで」

「そう？」

昴が目を丸くしてから、笑顔になった。それからふいにこっちを見る。

「少しの間、静かにしててもらっていいかな」

頼まれて、晴匡はとりあえず頷き、キッチンへ向かった。なにをするのかと思ったら、スカイプだった。通信が開き、映像と声が出る。遠目でも男性だとわかった。

「久し振り。そっちどう？　元気でやってる？」

どうやら兄らしい。あの人が伊織の父親か。ここからでは画面がよく見えないが、恰好良さそうだ。パソコンの傍には小型マイクが置かれていて、昴と伊織はその前で喋《しゃべ》っていた。

「こっちはこんな感じ。上手くやってるよ。ね、伊織？」

「お父さーん。僕、元気でやってるよ」

伊織が画面に向かって手を振る。「もうちょっとさみしがってもいいよ？」とか言われたらしく、二人で笑っていた。

「伊織。誕生日プレゼント、今言っといた方がいいんじゃない？　奮発してくれるよ、きっと」

「お父さん、ホント？」

画面の向こうから、ごにょごにょと声が聞こえる。

「俺にもお土産《みやげ》欲しいな。おいしいの」

わかった、と言われたんだろうか。二人がまた一緒に笑う。しばらく二人同時に会話をしてから「伊織、ここに座って」と昴が移動を促した。伊織が画面の真ん中に座る。

「心の準備できてる？」

「大丈夫だよ」

伊織が笑いながら言う。少ししてから、伊織が「お母さん、元気ですか？」と画面に向かって喋り出した。

録画しているようだ。そっちはどうですか？　僕は学校も慣れて、毎日楽しいです。ごはんもおいしいよ。かけっこ速くなったよ。お仕事頑張ってね。お母さんからの返事待ってます――明るいことだけ言って、話が終わる。

キッチンでそれを聞きながら、晴臣はしんみりとしてしまった。子供が親と離れてさみしくないわけないだろと思うが、バラバラで暮らさなければいけない事情もわかる。家族のことに、他人の自分が口を挟めるはずもなく――ただ、おいしいものをもっと食べさせてやろうと思った。自分にできるのはそのくらいしかない。

そうこうしているうちに通信が終わった。手早くパソコンが片づけられていく。晴臣はホッと息をついて、夕食の準備に取りかかった。


「食事できたぞ」

その後、夕食を作り終えて声をかけると、リビングで喋っていた昴と伊織が一緒にやってきた。スカイプの時からそうだったが、二人してどことなくいそいそとしている。二人はテーブルにつくと、なぜか互いに目配せをした。ご飯をよそい終えたのを待って「あのね」と昴が声をかけてくる。

席に座ったところを狙われて、晴臣は顔を上げた。

「突然ですが、今日は俺達からプレゼントがあります」

いきなり笑顔で宣言される。

「…俺に？」

「そう」

「そりゃ嬉しいが、なんで？」

「こないだ母の日だったでしょ？　で、来月は父の日。だから間を取って、二人で今日を家政夫の日にしたんだ」

「ん？」

晴匡はまたたいた。

「いつもご飯作ってもらってるお礼、なにかできないかな、と思って。とは言え、お父さんでもお母さんでもないだろ？　敬老の日も考えたけど、それはちょっとかわいそうだし。これはもう、家政夫の日を作るしかないってことになって」

気持ちはわかるが、なんとも強引な――アリなのか。それは。

「でね。これ気に入ってもらえるといいんだけど」

小さな箱を手渡される。「開けてみて」と言われて、晴匡は細長い包装を解《と》いた。

「あ…！」

出てきたのは、プジョーのペッパーミルだった。木製の美しいフォルムが、すんなりと手に馴染む。使っていたミルが古くなったので、買い替えの候補にしていたものだ。

なぜ自分の欲しいものがわかったんだろうと思って、前にお勧めを聞かれたことを思い出した。そうだ、その時スライサーと一緒に話した。でもまさか覚えていたなんて…。

「気に入った？」

声をかけられて、晴匡は頷いた。何度も頷いてミルを見つめると、そっと手で包む。

「大事に使うよ、ありがとう」

昴は嬉しそうに微笑んだ。

「伊織からもプレゼントあるんだよね」

昴が目をやると、伊織が後ろ手に持っていたらしい封筒を、無言でぐいっと押し付けてきた。中の重みが偏っている。開けると、掌にコロンと立体型のマグネットが落ちてきた。軽やかに走るこの姿は…。

「馬…」

「君と似てるんだって。即決だったよ」

ね、と昴は伊織に声をかける。晴匡は気になって、伊織を見た。

「俺、馬っぽいんだ？」

「顔が」

「……」

馬はかわいいよ、とフォローにならないフォローを昴から受けつつ、晴匡は中に入っている手紙を開いた。平仮名だらけの大きな字で、かわいい絵柄つきの便箋《びんせん》いっぱいに、色ペンで「いつもごはんありがとう」と書いてある。伊織を見ると、ぷいっと目を逸らされた。

「ありがとな、伊織」

声をかけると、照れたのか、伊織は少々居心地悪そうな顔をする。その顔は、なんだかとてもかわいく見えた。


その日の夕食後、昴に許可を得て、冷蔵庫に馬のマグネットを貼りつけた。銀の草原を駆ける姿は悪くない。気に入って、晴臣はしばし眺めた。

お腹いっぱいになった伊織は、今は満足げにソファーで眠っている。リビングで食後のコーヒーを飲みながら、昴はその様子を見つめていた。

「今日の伊織、嬉しそうだったなぁ」

「ん？」

「気づいてた？　君にお礼言われてから、ずっと恥ずかしそうにモゾモゾしてたよ。普段、一緒に遊んでくれてるのも楽しいみたい。言ったら怒られそうだけど、この間、土曜に君が来るんだよって伝えたら、その後足を弾ませてたんだ。興味なさそうなフリしてたのに、だよ。かわいくてどうしようかと思っちゃった」

その様子が想像できて、晴臣は口元を緩めた。

「スカイプの時も、君がいてもいいって言うし…。あれは驚いたよ。正直、こんな短期間でここまで伊織と仲良くなってくれるとは思わなかった。ありがとう」

元は邪《よこしま》なやり取りだっただけに、ちょっとドキッとする。「こちらこそ」と返すと、昴が笑った。照れたのか、伊織に向けていた優しい眼差しをコーヒーに向けてごまかす。

「なんか嬉しいもんだね。こういうの」

「そうか？」

「途中、自分のしてること間違ったかなぁなんて思ってたから、余計ね。人雇うの初めてでこっちも緊張してたし」

それは意外だ。

「そうは見えなかったけどな」

「ホントに？　内心は上手くいくかビクビクしてたんだよ。知らない人を家に上げるのは、やっぱり心配で」

それにしては妙に手際がよかったが。

「でも蓋《ふた》開けてみたら、なんというか、君、思いのほか早く溶け込んだよね。違うな、俺達が君に馴染んだのかな。今は家に君がいて、君のごはん食べるのが俺にとって普通になってるし。キッチンなんて、うちのだけど、既に君のって感じだよ。君がいると主を迎えたみたいにしっくりしてるのに、いないと…」

なにかやろうとして失敗したのかもしれない。昴はあははと笑ってごまかした。

「こんな風になるなんて最初の時は思わなかったよ。ホントにお願いしてよかった。これも君のおかげだね」

昴は嬉しそうに笑う。その笑顔に、なぜか胸がきゅうっとなった。

飾らない言葉が、懐《ふところ》に入れたようで嬉しくなる。自分は、他の人では替えが利かないくらいにはなれたんだろうか。手放したくないと思ってもらえているなら、幸せだ。自分にとって、これ以上の褒め言葉はない。

「俺も馴れてないから、色々やりにくいこともあるかもしれないけど、これからも遠慮せずに言ってね。できれば長くお願いしたいし」

「長く？」

「うん。長く」

なんでもない言葉で、今日はいちいちドキッとしてしまう。目が昴に釘付《くぎづ》けになっていることに気づいて、晴匡は笑ってごまかした。カップを取ろうとして、つるりと手が滑る。

「危な……！」

倒しそうになったカップをもう一方の手で押さえると、その上から両手でがしっと摑まれた。コップの中身が波打って、テーブルに少し中身が零れただけで済む。

「よかった……」

昴が安堵《あんど》の息をつく。その間もコップごと自分の手は包まれたままだ。ぎゅっと強く握られた掌の熱さに、晴匡は昴の指の感触を妙に意識してしまった。

思えば、こんなにしっかりと昴に触られたことはない。誰かに両手で手を包まれたこと自体、数えるほどしかなかった気がする。

細いのに強い指の力と、濡《ぬ》れたせいでしっとりとした熱。実際にされてみると、伝わってくる体温はかなりリアルだった。肌を触れ合わせていることを実感する。そう思ったら、重なった手が妙にエロティックに見えてしまい、そこだけいやらしいことをされているみたいで、無性に恥ずかしくなった。

手を離したいが、がっつり押さえられていて外せない。そうしている間にも、じわじわと体温は自分の手の甲に沁《し》み込んできて、どうにもいたたまれなくなる。

「どうかした?」

「いや、あの…」

手はまだしっかり包まれている。昴は自分のしていることに気づいてないらしい。

「昴、…手」

視線をコップに向けると、昴は「ああ」と手を離した。

「ごめんごめん。勢いあまって挟み込んじゃった。痛くなかった?」

「ん」

動揺がばれない様に平静を装って、晴臣はそろりとコップから手を離した。いざ自由になると、もう少しあのままでもよかった気もする。惜しいことしたかな、と、体温が残る手にふと思った。

触れられた場所が、まだうっすらと熱い。

このジンジンとする感覚はなんだろう。指先が呼吸しているみたいで落ち着かない。変な気分だと思っていると、ふいに手を摑まれた。

指を開かれてドキッとする。

「結構濡れたね」

ちょっと待ってて、と言うと、昴はハンドタオルを持ってきた。乾いた一枚で零れたコーヒーを拭き、濡らしたもう一枚を渡される。

普段ならささっと済ませられるのに、拭くたびに手に残った感触が蘇り、今日に限ってもたつく。のろい動作で拭いていると、横から「そこもついてるよ」と声をかけられた。

「どこ？」

ここ、と指を差される。示された場所を探して手首の裏側を眺めていると、タオルを奪われて、肌を拭われた。その感触にゾクリと背中が粟立《あわだ》つ。自分でやる、と言ったが、キビキビ動かなかったことでやる気がないと思われたのか、遠慮したと思ったのか、このぐらいしてあげるよと軽く流された。

日頃の礼のつもりか、手を取られ、指先の一つ一つを、口に含むようにじっくりと拭われる。指の腹まで丁寧に拭い取られて、体が固まり、呼吸を忘れた。息苦しくなって息を呑むと、ごくりと音がする。

なんだろう。この触り方は。伊織にするのと大差ないつもりかもしれないが、これじゃ、まるで愛撫《あいぶ》だ。こんなことされたら体が――…。

「も、もういいよ、ありがとう」

全身が熱くなってしまい、晴匡は手を引いた。

「…うん」

危ない。あれ以上はダメだ。気にしないようにしても、体が勝手に疼く。自分が意識しすぎなんだろうか。昴に触られているだけでおかしな気分になる。

昴はいつもと変わらないのに、傍にいるとクラクラする。落ち着かなすぎて、無意味に手が自分の膝をさすった。だが、それはなんの解決にもならなかった。自力では、さっき生まれた体のほてり一つ止められない。

疚《やま》しい気持ちはないのに、妙な気恥ずかしさと、身体の奥から突き上げてくる感覚が止まらない。身悶《みもだ》えしそうな衝動をこらえていると、じっとこちらを見ていた昴が急に近づいてきた。

「顔赤いけど、もしかして風邪《かぜ》ひいてる?」

「え、そ、そう?」

焦ったあまり、声が上擦《うわず》る。

「さっき手も熱かったし、熱あるんじゃない?」

「全然。俺、超健康だしっ」

「でも…」

心配そうに顔を覗き込まれて、かあっと全身が熱くなった。

できることなら今近づいてほしくない。せっかく耐えているのに、どんどん自分が怪しい立場に追い込まれてしまう。

「ホント平気で。あの…えーと…」

怖いもの知らずのまっすぐな目は、近くで見ると、思った以上に迫力がある。おまけに昴がにじり寄ってきて――ダメだ、近い。

「す、少し下がんない?」

「なんで?」

キョトンとされた。

なにかを言っているが、耳が昴の声を拾わない。熱を測ろうとしているのか、眼前に掌が迫る。ツキンと下半身が痛んで、ヤバい感覚に、晴匡は腕をつっぱるようにして体を離した。

「ちょ、ちょっとトイレ」

「うん」

不思議そうな顔をした昴を置いて、トイレに逃げ込む。急ぎ扉を閉めると、晴匡はしっかり反応しているものを目《ま》の当たりにして、たまらず呻《うめ》いた。

「嘘だろ……」

――ありえない。相手男だぞ……！

とにかく、このままは絶対まずい。

どうにかしなければと、心と体の一大事を気合いで抑え込む。しかしショックにも負けず、その後も体の一部はなかなか収まってくれなかった。


いやいや、気のせいだ。いくら小柄でもあれは男。なにかの間違い。

そう自分に言い聞かせたが、その日を境に、晴匡の意識は今までとは違う方向に向いてしまった。

普通にしていても、それまで気にしてもいなかったところばかりに目が行く。それは昴の首筋だったり、うなじだったり、シャープな顎《あご》のラインや、筆を滑らせたような体の線、話しながらさりげなく動く指先だったりした。

こうなってくると、目に入るもの全てが刺激的すぎてどうしていいのかわからない。とりあえず、頭がモヤモヤしていても体が勝手に動くのは助かる。手を動かしていれば、無心になれる気がする。おまけにやればやるほど、目の前に結果ができてくる。これ幸いと、晴匡は料理に没頭することにした。

そうだ。悩んだ時は料理するに限る。

「今日のごはんなに？」

「うわぁっ」

ひょいっといきなり肩から顔を出されて、皿がシンクに落ちた。ガシャンと響いた音に、昴の方が慌てる。

「ごめん、俺驚かした？」

「いや、俺がぼうっとしてたから……」

よかった、割れてない。ホッとして、晴匡は皿を洗い直した。

「食事、もうできたから食べれるぞ。今日は和食にしたんだ。筑前煮《ちくぜんに》と、ほうれん草の胡麻和えとわかめスープ。ごぼうとかしいたけとか伊織があんまり食べたことないって言うから、刻んで味ご飯にしたんだ。あ、そうだ。それだけじゃ足りないかなと思って、刺身《さしみ》も少し買ってみた。これは三人で分ける用で。ほら、今刺身の季節だし、ちょうどいいかなーなんて」

隣の存在が気になりすぎて、自分がなにを言ってるのかわからなくなる。

早口を止められずにいたら、またつるっと手が滑った。さっきより大きな音が響く。笑ってごまかすが、昴は驚いた顔をしていた。

「なんか最近調子悪そうだね。どうかした？」

「そうかな。そんなことないけど」

大アリだ。隣にいる男がかわいく見えてしょうがない。だから今も目を見られないでいるのだ。本当に自分はどうかしている。

これは男、と何度も自分に言い聞かせたのに、効果は一向に表れない。助けてくれと言いたいくらいだった。

とにかくこの状況をどうにかしようと、心の中で、昴を自分の父親と照らし合わせることもしてみた。だが、ガハハと笑う髭面股引《ひげづらももひき》姿のデカ男と昴は、どうしても同じ生き物という感じがしなくて、失敗した。

昴を女だと勘違いしているわけじゃない。喉仏はあるし、小さくても骨格は男。それはしつこくチラ見して確認済みだ。

男が格別に好きだったわけでもない。高校時代、女よりカワイイと評判の男が、文化祭の女装コンテストで優勝した際、周りが「俺、これなら付き合えるわ」と言っていたこともあったが、自分はなんとも思わなかった。周りの反応も、そんなものかと思って見ていただけだ。

なのに、やっぱり昴はかわいく見えてしまう。考えたら余計始末に悪い気がしてきて、晴臣は溜め息をついた。

とたんに、視線を感じてハッとする。いつから見ていたのか、昴がなにか言いたげな目をして、じっとこちらを見上げていた。一歩近づかれて、晴臣は思わず後ろに下がる。

「あのさ、もしなにかあるのなら——」

「皿！　皿並べてくれる？」

「あ、うん」

盛りつけた器を指で差すと、昴は素直に頷いた。

「伊織も呼んで」

「わかった」

昴が伊織に声をかける。伊織がやってきて賑《にぎ》やかになったキッチンに、晴臣は助かったとばかりに、こっそりと息をついた。


「今日は疲れてるなぁ。どうしたんだ？」

「んー？」

佐々木《ささき》に声をかけられて、晴臣は気だるいまま答えた。学校併設のカフェテリアは、昼時なのも重なって、外にあるテーブルまで人がいっぱいだ。天気がいいので、学生達もいつもより朗らかに見える。

経営学を専攻している佐々木とは講義が重なるので、こうしてつるむことが多い。爽《さわ》やかな見た目で、コーヒーブレイク中でさえ女に目を走らせるのに余念がない佐々木と、趣味が合うかと言うとそうでもないのだが、根がサッパリしているので気が楽だった。

「ちょっとな」

「最近妙に楽しそうにしてると思ったらこれだよ。なにやってんの、お前」

「別にー」

「ふぅん？」

佐々木は意味ありげに見つめてくる。

「バイト入れすぎなんじゃね？　今二つ掛け持ちしてるんだろ」

「けど、やっていけてるしなぁ」

なにより、家政夫のバイトを減らす気はない。今は意識しすぎてやり辛いが、それでもあの日から、昴に会いたい気持ちは増える一方だった。叶うなら、通う回数を増やしたいくらいだ。それをしてしまうと、自分の心臓が持ちそうにないけれども。

「疲れてるんだよ。こういう時こそ合コンやろうぜ、合コン！」

「なんでそうなる…」

佐々木と話すと、必ず結論が合コンになるのは毎回不思議だ。顔はいいんだし、身長も百七十半ばで低くはないし、その性格がなきゃお前モテるんじゃないの？　とは思うのだが、それを取ったら佐々木が佐々木でなくなる気もする。

——疲れてる、ねぇ。

確かに、最近精神は疲弊している。昴の元に通えば通うほど、自分の変化を思い知らされる。男に欲情する現実——これっていわゆる、ゲイじゃないのか？

「いいじゃん。お前が来たら女増えるし。お前目当ての奴多いんだぞ。いい子見つけて付き合えよ」

「そんな気分じゃない」

というより、それどころじゃない。もし昴に感じる気持ちをゲイだと言うのなら、今は自分の性的指向が変わってるかもしれない事態で。

「枯れるなよ、その年で」

バンと背中を叩かれて、悩みが吹き飛ばされる。

「よし、じゃあ参加決定なっ。日程決まったら教えるから」

「お前、また勝手に…」

「そうやって逃げるのがよくないんだぞ。行動あるのみだ。未来は自分で作るもんなんだからなっ」

どこで拾ってきた、その台詞…と言いたくなる言葉を真顔で言われて、晴臣は逆らう気もなくしてしまった。爽やかさも、この男の手にかかると軽さに変わる。風で揺れる明るい髪と同じくらい軽そうだ。

本音は女性を呼びたいだけなのだろう。合コンのやりすぎで人数が足りなくなっているに違いない。ゲイで役に立てるとは思わないが、頭数を揃えるくらいなら、まぁ付き合ってやってもいい。

それに、今昴の傍にいるのは危険な気がする。自分のアイデンティティも理性も崩壊ぎみなだけに、しばらくおとなしくしておいた方が身のためかもしれない。

などと悩む気持ちを知ってか知らずか、佐々木は早くも向かいでメールを打ち込んでいる。しばらくすると、メールが終わったのか新館の方をじっと見つめていた。

「どうした？」

「あそこ、見慣れない奴がいる…」

「ん？」

晴臣は指差された方を見る。新館から出てくる学生達と、教授。いつもと変わりない光景だ。佐々木はその中の一人を指差した。

「ほら、あそこにいる奴。小っちゃいのに意外とスタイルよくね？　シュッとしててさ。目ぼしい奴知ってる俺でさえ見たことないんだけど、ここの学生なのかなぁ。あ、でも年齢がなー。教授には若すぎるし…准教《じゅんきょう》？」

何気なく指の先を追って、晴匡は身を乗り出した。

昴だ。しかも珍しくスーツを着ている。どうして大学のカフェテリアに…と思っていると、ガン見していたのに気づいたのか、昴が顔を上げた。

自分を見つけると、軽く手を上げて近づいてくる。嬉しそうなその顔に、心臓が跳ね上がった。

「偶然だね」

「な…なんでここに？」

かわいい、ととっさに口から出そうになって、喉奥で止める。なぜこうなるのか自分でもわからないが、やっぱり昴だけはダメだ。スーツ姿にもドキマギしてしまう。

「仕事の関係で、ここの井沢《いざわ》教授に用があって。そういや大学ここだったね。まさか会えるとは思わなかったな」

「おい、知り合い？」

佐々木が目を丸くしている。

「俺がバイトでお世話になってる片平さん」

「初めまして。片平昴です」

「どうも、初めまして～」

佐々木が調子よく笑顔になる。それを穏やかに見つめる姿は、伊織の面倒を見ている普段とはまた違った趣があった。

外で会ったからなのか。今日は凛《りん》として、いつもより大人びて見える。だが持ち前の透明感はそのままだ。そこがまた昴らしい。チラチラと見ていると、視線が合った。自分が見つめすぎていたのか、なぜか恥ずかしそうに見返される。

「…なに？」

「いや、スーツも似合うんだなと思って」

「これでも昔着てたからね。けど、久し振りでちょっと窮屈かな。そっちもそうしてると学生っぽいよ。やっぱり若いんだね。ピチピチしてる。眩《まぶ》しすぎて目に痛い感じ」

太陽を見るように目を細める昴に、晴臣は「実際若いからね」と冗談めかして言う。笑ってくれるのかと思ったら、昴はそのまま納得した。

「ね。新鮮だよ。いつもおじいちゃんかオカンなのに」

「ひどいなぁ」

「大丈夫。かっこいいオカンだから」

褒められているのかなんなのかわからなかったが、嬉しかったから笑っておくことにした。お互い照れをごまかして、こっそりと笑い合う。光の中で見る笑顔がかわいくて目を離せずにいると、ふと佐々木の視線を感じた。慌てて意識を戻すと、佐々木が立ち上がる。

「あのっ、よかったら一緒にお茶どうですか？」

言うが早いか、椅子に置いていた荷物を退け始める。昴は笑顔のまま、それを手で制した。

「残念だけど用があるので、気持ちだけ」

柔らかく言って、昴はこっちを見た。いたずらっ子のような顔で、胸をトンとノックしてくる。

「じゃあ、勉強頑張って」

服の上から心臓に触れられて、一瞬言葉が出なくなる。熱くなりそうな顔を気合いで鎮めていると、去って行く昴を残念そうに見つめていた佐々木が、ぐりんと顔を向けてきた。

「なにあの人、年上だろ？　かわいいなぁ。ああいう感じの人、俺結構好き。お前、あの人のところで働いてんの？」

「そう」

「いいなぁ。それ俺にもやらせてくんない？」

佐々木は妙にハイテンションになっている。なんとなく、ムッとした。

「なんで」

「えーいいじゃん。また会いたいもん。独り占めはよくないぞ」

よほど気に入ったのか、佐々木は「いいなぁ」を連呼している。

小さな顔に整った作り。薄いが、嵌まる人には嵌まる顔なのだろう。わかる気はする。だが無性にモヤモヤしてしまい、晴臣は不機嫌さを隠せずに、黙った。

不愉快なイライラも、昴の顔を見ると消える。その日の夕方、家にいた昴を見て、晴臣は心底落ち着いた。顔を見ただけでくつろぐのも変な話だが、なんというかホッとしたのだ。

しかしそれより驚いたのは、昴が風呂《ふろ》上がりだったことだった。

スーツを脱ぎ捨てたどころか、普段よりラフな姿だ。長袖《ながそで》のTシャツに、ハーフパンツ。寝間着姿同然の体からは、まだ湯気が立っている。風呂上がり特有のふんわりとした優しい匂《にお》いに、嬉しいような、気恥ずかしいような——正直、少し戸惑った。それを顔に出さないように注意して、晴臣は何気ないフリで声をかける。

「いくらなんでも風呂入るの早すぎじゃないか？」

「たまにはねー」

昴はなぜかご機嫌だ。浮かれた顔で冷蔵庫からビールを取ると、飲む？　とこっちにも勧めてくる。これから包丁を握るので断ると、自分の分を取って「あ、そうだ」と振り向いた。

「今度お弁当作ってほしいんだ。行楽弁当っぽいやつ」

「構わないが、どこ行くんだ？」

「動物園。伊織の誕生日は、毎年こうやって出かけてるんだ。昔伊織と決めたんだよ、俺とのお出かけ記念日にしようって。だから、この日は絶対お出かけ。今までは兄貴も一緒だったんだけどね、今年はそうはいかないから…」

なるほど。家族行事なのか。

「わかった。おいしいもの用意しとく」

「ありがと」

その時になって、晴匡は一人足りないことに気づいた。

「そういや伊織は？」

「風呂。湯が冷めないうちに入るんだって」

それはまた随分と経済的な発想だ。感心していると、昴はリビングのソファーに沈み、ビールをごくごくと一気に半分ほど飲んだ。

「はー、沁み渡るぅー」

珍しく親父《おやじ》口調で言い、うっとりと目を瞑《つぶ》る。なんともかわいらしい——今日は随分と上機嫌のようだ。これはチャンスかも…と、晴匡はじりじりと昴に近づいた。

「あのさ、一つ聞きたいことあるんだけど」

「ん？」

さりげなさを装うつもりだったのに、緊張でごくりと喉が鳴る。

「か…彼女、いるのか？」

昴は目を丸くしたと思ったら、ケラケラ笑い出した。

「いないいない。今そんな余裕ないもん。手一杯なの、見てわかるだろ？」

「そうなんだ…」

軽く笑い飛ばされて、ホッとした。

キッチンに女の形跡がないからそうだろうとは思っていたが、確信を持てなくて気になっていたのだ。だが考えてみれば、昴に彼女がいたら、今頃伊織が敵視して大変なことになっている気もする。

「いたことはあるんだろ？」

「そりゃまぁ…」

「どんな子？　好みってあんの？」

「んー？」

考えているフリをして、昴はまたビールを飲んだ。晴匡もソファーに座る。

「そうだなぁ。小さくて、かわいくて、守ってあげたくなるような子」

「……」

それは自分とは正反対だ。微妙な気持ちになっていると「そっちは？」と聞かれた。

「彼女。どうなの？」

「俺？　いないよ。モテないし」

「嘘だぁ。料理男子だよ？　女の子大好きじゃないか」

よく言われる台詞に、晴臣はふっと乾いた笑みを零した。

「あれ、嘘だから。料理はやりすぎると敬遠されるんだよ…」

「そうなの？」

「そうだよ。キッチンの奪い合いになるし、冷蔵庫のスペースは好きに使えなくてストレス溜まるし、互いの手順や置き場が違うと落ち着かないし、キッチンのカスタマイズはできないし。上手くできたら、喜ばれるどころか自分の料理見せるの怖がって逃げられて、率先してやったらそっちの仕事だとばかりに丸投げで。料理男子最高！　とか言われてても、現実はそりゃもう、ホンットに違うからっ」

言葉に妙な重みがあったらしい。昴の目が見開かれたのち、憐れんだのか優しいものに変わった。よしよしと頭を撫でられて、ちょっとビックリする。

「大丈夫だよ。料理関係なく見た目でいい線いってるし。そうだ、バイト変えたら？　カフェとかもっとオシャレなとこに。そしたらモテモテで…」

「変えられないんだ。あれ、親の店で」

「あ、そうなんだ」

出会いが店の前だったから、すっかり言ってたつもりになっていた。

「そしたら将来社長じゃないか。大丈夫だよっ」

気を遣っているのか、今度はポンポンと頭に触れられる。酔ってるだろ…と思いつつも、嬉しくてついなすがままになってしまった。指の感触が心地よくて、うっとりする。

「継ぐかどうかわかんないけどな」

「継がないの？」

手が止まった。勿体ないと言いたげに見つめられる。

「親はそうしたがってるみたいだが、悩んでる。でも他に、これって思うほどやりたいものがなくて」

「じゃあしたらいいのに」

昴はさらっと言った。

「俺は向いてると思うなぁ。店の経営」

「そうかな？」

「どんな人とも上手くやっていけるだろうし、人好きしそうだし。俺も最初話しかけてきてくれた時、親切な人だなって思ったからね。それにああいうこと気にするのって、バイトじゃなくて経営者目線だろ？」

晴匡はまたたいた。

言われてみればそうかもしれない。自分にとっては普通のことだったから、そういう考え方をしたことはなかった。

「いっそのこと自分で店をスタイリッシュにしちゃえば？　素敵店長になれば売り上げ伸びそう」

楽しげに言われる。なんだよ、その素敵店長って…とは思ったが、それもアリかもしれない。そう思うと、親に決められて窮屈に思えた未来が、少し明るくなった気がした。

「そうだな」

「そうそう。俺もこの仕事選んだ時は悩んだけど、なんとなくやっちゃうことって、実は自分に向いてるんだよね。嫌だったらそんなこと考える間もなく辞めてるし。気がつくと流れに乗ってたってのもあるけど、自分が行動してたの後で気づいたりして」

「そうなのか？」

うん、と昴は頷いた。

「意識してなくても、そこから離れてないのって結局好きなんだと思うよ。だから俺もこの仕事も続けられてるんだなって思ってる。まぁこの仕事肩凝るから、そういう意味では辛かったりもするんだけどね」

昴は苦笑しながら、腕を回して肩を動かす。コキッと音が鳴った。

「揉《も》みましょうか？　お客さん」

声をかけると、ぶはっと噴かれる。

「なんの真似《まね》？　それ」

笑っている昴の隣に座ると、晴臣は肩を自分の方に向けさせた。いいよ、と遠慮する昴の肩を冗談めかして揉むと、しっとりと濡れた髪からふわりといい匂いがした。風呂上がりの匂いだ。

「お客さん、凝ってますねぇ」

男にあるまじきかわいい匂いに戸惑いつつ、胸に浮かぶ欲望をマッサージ師の真似でごまかす。くすぐったかったのか、昴が楽しそうに笑った。

実際、昴の肩は本当に硬かった。凝り固まっていて、なかなかほぐせない。脂肪の少ない硬い肩が揉まれて揺れるたびに、シャンプーの匂いが強く揺らめいて鼻をくすぐる。

しばらくするとほぐれてきたのか、少し肩が柔らかくなってきた。まだ硬い部分をぐいっと親指で強く押すと、昴が気持ちよさそうに息を洩らす。

「あっ、いいね。そこ…」

ツボだったらしい。漏れ出た声とシャンプーの匂いに、頭がクラクラしてきた。晴臣は意識しすぎないように、明るく声をかける。

「なんかやらしく聞こえるなぁ」

「なに言ってんだか。あ、今のとこもいい…」

「ここ？」

さっき触った場所を押すと、うん、と鼻にかかった声で昴が頷く。ひどく艶《なま》めかしい声だ。

不思議と、息遣いまでいやらしく感じてくる。

「あー…極楽…」

「オヤジか」

昂《たかぶ》る気持ちを隠して明るく突っ込むと、昴は笑った。揉まれながらビールを飲む。軽く反らされた喉がごくりと目の前で動いた。

「こんなことしてもらえるなんて、今日はいい日だなぁ。大安かなぁ」

「他にもいいことあったのか？」

「うん」

嬉しそうに、えへへと笑われる。言っちゃおうかなぁと珍しくモジモジして、昴は頬を染めた。こちらを窺うような仕種をしたせいで、うなじ越しにその薄紅色が見える。

「俺ね、憧れてた仕事に関われるかもしれないんだ」

「へぇ」

相槌《あいづち》に、嬉しそうに頷かれる。「もういいよ、ありがとう」と言われて、晴臣は肩揉みを止めた。それでも離れがたくて、手は肩をゆっくりと撫で続けてしまう。

自分の掌と、昴の体の熱が、服を挟んでじわりと近づく。いやらしく触れるつもりはない――むしろ爽やかに感じてもらえるように意識しているのに、心を離れて、指先が卑猥《ひわい》なことをしている気がして、自分の欲の深さに少し戸惑った。

「その仕事、下訳で本なんだよ。それもビジネス書じゃなくて小説。その内容が、普段俺が関わってる仕事に近かったこともあって役が回ってきてね。とにかく、本に携われるの初めてだから嬉しくて」

「あ、まだできるか決まってないんだけど」と昴は慌てて付け加える。

「今日大学に行ってたのはそれでなんだ。知り合い経由で紹介してもらえて。そしたら翻訳家が町田貴正《まちだたかまさ》さんで！　俺、声も出なかったよ。知ってたら本持ってったのにっ」

嬉しそうに手をバタバタさせてから、昴は「まぁ持ってても、緊張でサインなんて頼めなかったけど」と笑う。

「でもすごいと思わない？　あんな有名な人が見本直々《じきじき》に見て、乱れが少なくて、文もこなれてるって褒めてくれて」

——やばい。手が離せない。

このまま抱きしめたくなる気持ちをこらえて、晴臣はこっそりと肩に顔を近づけた。息がかからないよう呼吸を止めて、匂いだけ胸一杯に吸い込むと、バレないうちに顔を離す。

「もう天にも昇る気持ちだったよ…」

——俺もです…。

とは言えない。

動いて酔いが回ったのか、昴は舌足らずな口調でうっとりと目を閉じた。風呂上がりのせいか、わずかに見える睫毛《まつげ》の先が、しっとりと濡れているように見える。

服越しに体温を感じながら、晴匡はそっと手を離した。掌にほんのりと移った昴の体温につられて、胸の奥に柔らかな温《ぬく》もりが宿る。

「そんなに嬉しいものなのか？　小説の仕事って」

「そりゃあ…！」

振り向くと、昴は力強く頷いた。

「産業翻訳の人間が出版に携われることってなかなかないんだよ。求められることも、勉強する分野も全然違うから。小説だと舞台になってる国の文化とか、スラングとか、言い回しとか。ページ数に規定があると、訳文も縮めなきゃいけなくなったりするし」

「ふぅん」

そういうものなのか。

「本の翻訳じゃ暮らしていくことも難しいから、それに憧れてこの世界に入っても技術翻訳に流れていく人が多いんだよね。特に男は。俺も例に洩れずそっちで。そしたら話が舞い込んできて、それが町田さんだろ？　そんなの想像もしてなかったから、一緒に仕事ができるのかと思ったら、もう…っ」

想像したら嬉しさが余計高まったのか、昴は「くーっ」と変な声を上げると、興奮冷めやらぬ感じでビールを一気に呷《あお》った。そして腹の底から息を吐き出す。

「この仕事取れたらいいなぁ」

缶を額に当てて、赤く上気した顔で呟く。傍でこんなに無防備な姿を晒《さら》す男を、晴匡は抱きしめたいと思い――改めて、自分の気持ちを自覚した。

昴が好きだ。

自分の手で守りたい。大事にしたい。年上とは思えないかわいらしさも丸ごと含めて、愛している。この気持ちがゲイなら、自分はもうゲイでいい。

「上手くいくといいな」

「うん」と昴が顔を綻ばせる。幸せそうな顔に、晴匡の口元も自然と緩んでいた。


伊織は昴との外出をとても楽しみにしているらしく、次に家に行った時には一週間以上先の日程が書き込まれたテルテルボーズが吊《つ》るしてあった。自分も幼稚園の頃作っていたので、今でもこれの作り方を子供に教えてるのかと、妙に懐かしい気持ちになった。

「行きたいって言っても連れてってあげないよ。僕と昴のデートなんだから」などと言うこまっしゃくれた口も、浮かれている結果だと思うとかわいらしく思えるから不思議だ。待ち切れないようで、伊織は今までの写真を自分から見せてきた。植物園、遊園地、お花見。どの写真も、伊織と昴が笑顔で映っている。

「いい写真だな」と褒めると、伊織は嬉しそうに笑った。

だが、伊織の喜びとは逆に、昴はその日からどんどん疲れを見せるようになっていた。心なしかやつれてきた気もする。どうやらこの日のために、急いで仕事を終わらせようとしているらしい。昴に疲れが蓄積しているのを見て、伊織の表情も不安に変わっていく。

家の中が暗くなりそうだったので、場を明るくするためにも、晴臣は腕によりをかけて夕食を作ることにした。精のつく、バランスの取れた献立を研究する。

これで一緒に食事をすれば雰囲気も変えられると思ったのに、夕食の声掛けに行った晴臣に返ってきたのは、昴からの辞退だった。

驚いたが、こうやって食事もろくに取らず籠もるのは、伊織に聞くと意外とよくあることだと言う。だとしたら昴は自分の来る時には、気を遣って忙しい素振りを見せないでいたのだろう。

晴臣は盆に夕食を載せると、昴の部屋をノックした。「はい」と返事がする。晴臣は扉を開けた。

「食事持ってきたんだが」

「ありがとう。そこ置いといて」

指先だけが扉付近にある机を指差す。昴は画面を見つめたままだった。パソコンの隣には、開かれたままの電子辞書。全神経が仕事に向かっていて、こちらを見もしない。

初めて見る、仕事をしている男の顔だった。凜とした横顔。まばたきもしない眸。伊織の傍にいる時とは違う力強さが、そこにはあった。手を近づけたら指先が切れてしまいそうな鋭さが、涼しげな顔を引き立たせ、孤高なものへと押し上げる。その集中力に、学生と、働いている者の違いをまざまざと見せつけられた気がした。

これは気迫だろうか。怖いくらい綺麗で——触れてはいけないのがわかる。

声もかけられずにいると、しばらくして昴がふと視線をこちらに向けた。

「ごめん、出てってくれるかな」

昴の目の下に隈《くま》ができていることよりも、口から出た言葉が、いつもより低く、冷たいことに驚いた。

「あ、ああ…」

部屋に響くキーの音に背中を押されて、足が出口に向かう。頑張れなんて、気休めの言葉も言える状態じゃなかった。

その日、晴臣が帰る時まで、昴は部屋から出てこなかった。

昴の仕事が一段落したらしい、と晴臣が知ったのは、その次の訪問の時だった。

怪しい物体を見つけてソファーに駆けつけると、死んだように寝ていた昴だった。声をかけようか迷ってるうちに、固まっていた昴がぴくりと動く。

「…大丈夫か？」

恐る恐る声をかけると、のろい動きで頭を上げた。

「平気。…久し振り」

うつ伏せになっていた体を起こそうとして、昴は腕の力が足りなかったのか、横向きに倒れた。慌てて手を差し伸べると、じっと指先を見つめられる。その目は少ししてから、こちらに向いた。

「この間はごめんね。ごはん、一緒に食べれなくて」

「いや…」

「恥ずかしい姿も見せて。大人げないよね、周りに気を遣えないなんて。おまけに俺、あの時風呂にも入れてなくて、人前に姿も出せない有様で…呆《あき》れただろ？」

「そんなことないよ…」

「だったらいいけど、あれ、確実に引かれたよなぁって思って。時間のやりくりとかもさぁ…来る日きちんと計算しとけばよかったのに、ダメなんだよね。集中すると、そういうところがスコンと抜けちゃって。集中しないと仕事できないから、しょうがないんだけど」

恥ずかしそうに笑って、再度体を起こす。今度は成功して、昴はソファーに座った。

「昴、これ」

伊織が水を持ってくる。ありがとうと一口飲んで、昴は足元に座る伊織の頭を撫でた。その姿は、自分が知っている今まで見てきた昴だった。

けれどこの中に、あの昴もいるのだ。自分には手が届かないいんじゃないかと思わせた、大人を感じさせた彼も。

それを喜んでいるのか、恐れているのか。――自分でもよくわからない。

「もう大丈夫なのか？」

「おかげさまで」

寝ていないせいだろうか。顔色があまりよくない気がする。

「仕事、いつもあんな感じなのか？」

「期日厳守だからね。その締切が一週間の時もあれば、翌日の時もあるし、下手《へた》すりゃ当日も……」

「当日⁈」

「技術翻訳はそうなんだよ」

当然のように言われる。

「それじゃ寝られないだろ……」

「大丈夫だよ。普段は調整してるから。今回はちょっと期日が重なっちゃっただけ」

昴は明るく言う。

「ただ翻訳って、時間をかければかけるほどよくなるんだよね。かけた時間と出来が見事に比例してるんだ。一見似ていても、見る人が見ればすぐにわかるんだよ。職人技と、そうじゃない物が。万一にも中途半端な物を出してしまったら、こっちの身も危なくなるし、自分としても、どうしてもそこは譲れなくて…」

そこが面白いんだけどね、と笑顔で言われて、晴臣は複雑な気持ちになった。

「それに、これで伊織とお出かけできるし」

ね、と昴は伊織と目配せをする。この仕事に六歳の相手。荷が重いことをしてるな、と思ったが、口には出せなかった。かわりに精一杯笑顔を向ける。

「よかったな」

晴臣の言葉に、伊織まで嬉しそうに笑った。


「ごめん、伊織」

「いや！　別の日なんて絶対に嫌だからね！　ずっと楽しみにしてたのにっ」

「お願い、今回だけ。ね？」

「嫌だ、約束って言ったっ」

「伊織、話を…！」

「嘘つき、昴の嘘つきっ」

いつも通りバイトに来た晴臣は、扉越しに聞こえてきた大声にギョッとした。珍しく玄関を開けてくれた昴は、気のせいか疲れて見える。

「どうも。ごめんね、騒がしくしてて」

「それはいいが…どうしたんだ？」

とりあえず、両手にぶら下げた大量の買い物をキッチンに置く。腕が限界だったからだ。伊織は怒っているらしく、リビングに丸まってテレビを大音量で見て、こちらを見ようともしない。自分はともかく昴に目を向けない様子に、ただ事じゃないのがわかった。伊織を横目で見て、昴は諦めたように小さく息をつく。

「実は、伊織の誕生日に仕事が入ってしまって…」

「え」と声が出た。

「こないだ行けるって言ってたのに？　そのために仕事前倒しにしてたんじゃなかったか？」

「そうなんだけど…」

歯切れ悪い様子に、ピンときた。

「もしかしてあの仕事か？」

昴はためらってから、頷く。

「出版社の人も交えて話をするから、打ち合わせの日程はずらせないんだ。それ以前に、下訳の自分が日程の変更を願い出るなんて恐れ多くてできないし。本の締切は半年以上先で、検討にも時間もかかるって聞いてたから、俺も油断してて」

「そっか…。でもまぁそういうことなら拗《す》ねるのもしょうがないか。ま、しばらくお互い大変だろうけど、俺も八つ当たられ要員になるから…」

晴臣はキッチンに向かう。

「昴？」

静かなので振り向くと、昴が俯いていた。

「仕事…断るよ」

「はぁ？」

思わず声が出た。

「なんでだよ、楽しみにしてたじゃないか」

「伊織の方が先約だし…。仕事はまだ受けてない。今辞退すれば、なんの問題にもならないんだ。かわりはすぐ見つかる」

「じゃあ尚更《なおさら》ダメだろ！　ここで逃して、二度と手に入んなくなったらどうするんだよっ」

「あの仕事は、元々半分自分の趣味みたいなものなんだ。時間がかかる上に、金にはならない。生活のためにしてる仕事とは違う。やったら収入は減る予定だったし、しなきゃいけないものでもないし…」

「おい、しっかりしろよっ」

晴匡は肩を揺さ振った。

「仕事とソレ、比べるもんじゃないだろ。誰だって誕生日が潰れることぐらいあるぞ？　なんでそれで自分を犠牲にするんだよっ」

「君は子供の頃の誕生日がどれだけ大事かわからないのか?!」

言い返されて、驚いた。

「兄貴がいた去年とは違うんだ。俺がいなかったらどうなるんだよ。親とも離れてるのに、俺が帰るまで家で一人ぼっちでいろって言うのか！　俺だけでも祝ってやらなきゃ、そんなの…あんまりにも伊織がかわいそうだ…！」

「俺は反対だ」

言い切ると、昴が弾かれたように顔を上げた。

「そんな我慢して一体なんになるって言うんだ。そうやって逃げて、後で伊織のせいにする気か」

「そんなことしない…！」

「そうだろうよ、自制の利くうちはな！」

昴は目を見開いた。

「二度とチャンスが来なくても絶対そうならないって言えるのか？　俺は嘘だと思うね。伊織のためだなんて言い訳だろ。自分を犠牲にしたつもりでいい気になってるだけだ。伊織に罪なすりつけてるのと、なにが違うんだよ」

昴がグッと黙る。

「やれよ」

きつく睨み返された。

「やりたいくせに。一生後悔したいのか？」

昴は視線をさ迷わせた。なにか言おうとして、唇を噛みしめる。そうして俯いた。

「君は意地悪だ…」

「ワザと自分を騙すくらいなら、意地悪で結構だね」

言い放つと、晴臣は「伊織」と大声で呼んだ。伊織の背中がビクッと跳ねる。

「借りるぞ」

「え」

言うが早いか、伊織のところに行って手を引っ張る。

「話がある。ちょっと来い」

「嫌だ、触るなっ」

「いいから来るんだ！」

「昴、助けてっ」

「なにするんだ、乱暴は…！」

「二人で話すだけだから」

慌てる昴を置いて、伊織の部屋に向かう。中に入ると、晴臣は伊織を部屋に放った。鍵を閉めようとしたが、ついてない。扉をドンドンと叩かれて、仕方なく、手近にあったカラーボックスなどを動かして扉を塞《ふさ》いだ。開けられないように即席のバリケードを築いてから、伊織の傍へ向かう。

「な、なんだよっ。僕に暴力振るったら…！」

背後で昴の声と、ガチャガチャとノブが回る音がする。

晴臣が座ると、伊織はビクッと縮こまった。ギュッと目を瞑る伊織の頬に、そろりと手を伸ばす。触れるか触れないかの距離で止まった手に、伊織は恐る恐る目を開けた。

「怖がらなくてもなにもしない。昴抜きで話がしたいだけだ」

優しく言ったのに、まだ目がびくついている。

体格のせいだろうか。自分はかなり怖がられているようだ。怯えさせないようにと、晴臣は手を下ろした。

「あのな、俺はお前がこれをどれだけ楽しみにしてきたのかはちゃんとわかってないし、部外者で口挟む権利がないのも知ってる。でもお前のやり方には納得いかないから、これだけは言わせろ」

言い切って、晴臣は顔を近づける。

「拗ねてないで昴と話し合え」

とたんに、伊織の顔つきが変わった。

「話すことなんてない！　約束破ったのは昴だ！」

「わかってる。わかってるよ。でもそうせざるを得ないことだってあるだろ？」

ない、と目で反論された。

「昴はお前が好きだよ。独り身でお前を引き受けるくらいに。いくら血が繋がってるからって、こんなことできる奴そうそういない。するのは、それだけお前を大事に思ってるからだろ」

「だったら…！」

「昴も辛いんだよ。好きであんなこと言い出したわけじゃない」

「じゃあ言わないでよ！」

言い返されて驚いた。

「裏切ったのは昴の方じゃないか！　なのになんでそんなこと言うんだよ！　そうやってテ

キトーなこと言って『うん』って言わせる気なんだろ！　仕方ないんだってっ」

ギクリとする。

「ずっと前からこの日は決まってたのに、なにが『仕方ない』んだ！　二人の約束なのに今更ダメなんてひどいよっ。楽しみにしてたのに…っ」

大きな目に、涙が溜まる。

「昴だけはそばにいてくれるって…この日は絶対一緒だって…っ」

ぼろりと大きな涙が零れた。

「約束、したのに…っ」

泣きたいのを我慢していたのか、両目からぼろぼろ涙が落ちていく。唇を噛みしめ、乱暴に涙を拭う伊織に、どれだけ楽しみにしていたのか知らされた気がした。出かける日を待ちわびていた姿を思い出して、晴匡は手を伸ばす。触ってもいいものかためらってから、頬を流れる涙を親指で拭った。

「それは昴もわかってるよ。お前にとっちゃ相当理不尽な話だから、怒るのも無理ないとも思う。けどお前が約束を大事にしてたのと同じで、昴にだって大切なものはあるんだ。仕事はその最たるものなんだよ。だから、ああして板挟みになってる。あれ見ても、なんとも思わないか？　そんなわけないだろ？　ケンカしてる間、お前もきつかったはずだ」

自分を最優先してほしい――そのことで昴が困っても、してほしい。仕事よりも自分を取ると口にしてもらいたい。心の奥底に、ワガママで振り回している自覚はあったのだろう。伊織の顔が歪む。

「あんまり苦しむな。そんな小さな体で。泣きすぎると体が縮むぞ？」

そう言うと、伊織がビクッとして涙を止めようと頑張り始めた。その姿がかわいくて、ちょっと笑ってしまう。

きっと伊織は、昴との約束を心の拠りどころにして、親が傍にいない日々のさびしさに耐えてきたのだろう。普段から周りの迷惑にならないよう、陰で努力していたのかもしれない。だからここまでこだわるのだ。昴が約束を優先させようとしたのも、伊織が抱えている一人ぼっちの辛さを知っていたからか。

「なぁ、誕生日、俺が祝うんじゃダメか？」

ひくっと喉を鳴らしていた伊織が、こっちを見た。

「やだ…」

「そっか」

そりゃ悪かった、と晴匡は笑った。

「わかったから、もう泣くな」

グシャグシャと頭を撫でる。小さな頭は掌にすっぽり収まった。子供特有の柔らかい髪が、指に触れる。

「お前も昴も不器用なんだな。お互い大好きなくせに、遠慮するわ意地張るわ。素直になれ」

伊織が実の子だったら、昴はもっと強く自分の希望を言えたのだろう。兄の子ゆえに距離感が微妙で——傷つけたくないと思う分、強く踏み込めないでいる。悩む昴の想いも、伊織は感じ取っているはずだ。

「お互い苦しんでないで、言いたいこと全部言って早く仲直りしてやれよ。今のままじゃ昴がかわいそうだ」

伊織がまたたいた。

「かわいそう…？　昴が？」

「痛々しいよ。あの顔見てないのか？」

伊織が黙る。

「約束を守れないと伝えるのだって辛かったろうに、昴はお前のために一つ仕事を諦めようとしてる。一番したかったことなのに、チャンスを自分から捨てようとしてるんだ。夢を摑める機会なんてめったにないんだから、俺は勿体ないと思うけど」

「……」

「そういうとこも併《あわ》せて、一度ちゃんと話を聞いてやってほしいんだ。それで早く笑顔にしてやってくれよ。それ、お前にしかできないんだからさ」

頼むよ、と本音が口を滑る。

「お前だって、昴にあんな顔させておきたいんじゃないだろ？　ホントに好きなら、苦しんでるところなんて見てられるわけがない…」

独り言になりかけてしまい、晴匡はハッと我に返った。顔をじっと見られていることに気づいて、ゴホンと咳《せき》をして立ち上がる。

「言いたいことはそれだけだ。じゃあな」

背を向けて、扉に向かう。

扉はまだガタガタと揺れている。塞いでいた物を退けると、激しい音と共に昴が駆け込んできた。伊織を見つけるなり、ぎゅっと抱きかかえる。

「伊織、大丈夫？」

「うん…」

顔を見て、涙の痕に昴がギョッとした。体のあちこちを触って安全を確かめてから、キッとこっちを睨みつけてくる。

「伊織になにしたんだ」

「ちょっと話を…」

「話?!」

それだけじゃないだろと言わんばかりの顔だった。本気の怒りに、伊織が傍で驚いた顔をしている。

「どういうつもりか知らないが、伊織は兄貴から預かってる大切な子なんだ。勝手なことしないでくれないか。言いたいことがあるなら俺に言ってくれ」

「すまなかった」

晴臣は素直に頭を下げた。

「もうしない。約束する」

そう言ったが、昴の目は変わらなかった。今までとは違う、疑惑に満ちた目で見つめられる。

「…君のこと、信じていいんだよね？」

「ああ。この通りだ。こんなことは二度としない」

心から詫びたが、昴の警戒心は取れなかった。子供の安全が最優先。それをおびやかしたのだから、この態度は当然だ。

「次のバイトの日は来なくていい」

ピシャリと声が飛んできた。

「この先のことも、少し考えさせてもらいたい」

「…わかった」

昴に抱かれた伊織が、まばたきもせずにこちらを見ているのに気づく。視線を受けたまま、晴臣は顔を上げた。

「夕食、準備するよ」

どうにか笑顔を作って、それだけ言う。自分を見る昴の目が変わっていることに胸が痛んだが、晴臣はその視線に気づかないふりをして、部屋を出た。


「どうしたんだ。ぼうっとして」

「別にー…」

「うわ、これっぽっちも『別に』って顔じゃねぇ」

隣に座っていた佐々木《ささき》が真顔で引く。講義が終わって、人もまばらなのに動こうとしないのが気にかかったらしい。片づけろと言われて、晴臣《はるただ》はノートを仕舞った。急《せ》かされて仕方なく荷物を纏《まと》める。

「なぁ、昼飯どうする?」

「そうだなぁ…」

気のない返事だなぁ、と言われたが、気が入らないのだから仕方ない。外に行くかと話して、教室を出る。佐々木はしばらくこっちをじっと見ていたかと思ったら、なにか思いついたのか、急に擦《す》り寄ってきた。

「さてはお前、恋の悩みか？　そうなのか？」

佐々木はなぜか目を輝かせている。

「なになに？　だったら俺、話聞くよ？」

「その前に、顔なんとかしてくれ。好奇心丸出しなんだけど」

「だって人の恋愛ほど面白いものないだろ。あ、言うなら真剣に聞くから。なんでも言って」

「嘘《うそ》っぽいなぁー…」

「そんなことないって。俺はこれでも友情に厚い男だぞ？　ほら、ほらぁ」

佐々木は笑顔で肩をグイグイ押してくる。こうなると佐々木はしつこい。晴匡は溜《た》め息《いき》を洩《も》らした。

「じゃあ言うけど言い触らすなよ？」

「うんうん」

「俺、こないだからゲイになったんだけど」

「ほえぇ？」と佐々木が変な声を出した。

「なんていうの？　つまり、そっち系の好きな人ができて。んで、距離縮めたくて地味に頑張ってたら、事情により嫌われて」

「軽く流すなよ、ソコ！」

食い込む勢いでツッコミが入った。

「どうしたんだよ。お前男が好きだったことなんて一度もないだろ?!」

「しょうがないだろ。いいなぁって思っちゃったんだから」

「全然よくないから、それ」

真顔で言われる。晴臣は頭を掻《か》いた。

「なんか、よくわかんないんだよな。女相手とは勝手が違って。好きだけど、女じゃないから、女の子やおばちゃんを相手にするような遠慮がなくなっちゃって、気がつけば俺も踏み込みすぎてて…。わかってんだよ、余計なことしてるってことは。でもさぁ…ほっとけないだろ?」

「…ほっとけば?」

「できないから悩んでる」

「ほっとけよ」

「だからできな――」

「あ――!」

先を阻むように、佐々木は突然、耳を塞《ふさ》ぎ大声を出した。反射でビクッとなったのを見てから、妙に冷ややかな目で「怖い話はもういい」と言われる。

聞きたがったのはそっちなのに…。まさか実際に、この『聞きたくないアピール』をする奴《やつ》がいるとは思わなかった。よほど話を不気味に感じたのか、佐々木は急に距離を取り、怪《け》訝《げん》そうに顔を見てくる。

「俺…は大丈夫だよな？　俺そういうのダメだから。悪いけど好きになんないでくれる？」

「なるかぁ」

呆《あき》れて、声が間延びしてしまった。

「安心しろ、絶対なんないから。命令されても無理」

素で返すと、佐々木がホッと息をついた。

「わかった。女日照りなのが悪かったんだな。あ、そうだ。この間の合コン決まったんだ。かなりいいメンツだから、そこで彼女作って元に戻れ。な？」

「な？　って言われても」

「その方がいいって！　お前今、絶対おかしいよ」

「なに言ってんだよ。俺、普通じゃん」

「それが余計ヤバいって言うか…」

「なんだよ、それ」

妙に深刻な顔に、晴臣は失笑した。佐々木はなぜか「笑い事じゃないって！」と焦っている。

「マジそんな横道行ってどうすんだって話だろ。もーとにかく参加決定な！　決定決定！　俺、絶対そこでお前に彼女作らせるからっ」

「おい、そういうつもりなら俺、欠席…」

ダメだ、聞いてない。佐々木はすごいスピードで先へ行っている。追いかけると、ズボンのポケットで携帯が鳴った。着信番号に見覚えはない。とりあえず電話に出た晴臣は、「もしもし」と聞こえてきた声に、少なからず驚いた。

「よくこの番号知ってたな…」

『昴《すばる》のケイタイ見た』

盗み見か。それはよくない。

と思ったが、それ以上に理由が気になる。なにかあったんだろうかと思いつつ、晴臣は明るく声をかけた。

「どうした？　食事のリクエストなら一応聞くが、叶《かな》えられるかはわからないぞ。なんせこの間の件で、俺はまだ出禁だから」

『そのことで話があるんだけど、お願い聞いてくれない？』

電話越しのせいか。普段とは違う高めの声で、伊織《いおり》は珍しく、神妙に言った。

昴から電話が来たのはその日の夜だ。店のバイトが終わった時に携帯の留守電に気づいて、かけたらすぐ出た。昴から連絡をもらうのは初めてで、てっきりクビ連絡かと思っていたから、開口一番に謝られて驚いた。

『この間は本当にごめん。ひどい態度して』

「いや、元はと言えば俺が言いすぎたんだし…。家族でもないのに口出しなんて変だったよな。余計なことして悪かった」

そんなことない、と声が返ってきた。

『あれは親身になってくれた結果だし』

人はそれをお節介と呼ぶのだ。

『俺、君のそういうところ、嫌いじゃないよ』

声が途切れる前に、優しく「好き」と囁《ささや》かれた気がしてドキッとした。

『君の言ったこと、あれからずっと考えてた。最初は腹が立ったけど、指摘されたことはみんな事実で…。俺、言われてもしょうがない態度だったなって思った。そうそう、伊織とも話したんだよ。今回の仕事のことも、自分の気持ちも』

さっきのは幻聴だろうか。確かに聞こえたような——息が被《かぶ》さっただけのような。会話でさらっと流れてしまい、一瞬高揚した気持ちが置いてきぼりになる。

携帯の向こうから、一息ついた音が聞こえた。

『伊織ね、ちゃんと話聞いてくれた。難しい話もしたのに精一杯理解して、自分から謝ってくれたんだ。ワガママ言ってごめんなさいって。俺と話す前から、謝ろうって考えてたみたい。君がなにか言ってくれたんだろ？』

「俺は別に…」

『伊織は君のことも気にしてたよ。また来るよねって、俺に何度も確認するんだ』

「へぇ」

昴の声に、嬉《うれ》しさが滲《にじ》んでいる。やっぱりさっきのは聞き違いか、とガッカリしつつも、幸せそうな様子につられて浮かれる自分は、相当にやられているんじゃないかと我ながら思う。それでも、この報告だけで嬉しかった。

『あの…これに懲《こ》りずに、また来てくれるかな？』

「勿論《もちろん》」

『よかった…！　ありがとう』

ホッとされて、こっちまで気持ちが軽くなる。

『そうだ。一つ聞いていい？　伊織となに話したの。伊織、教えてくれなくて』

「大したことは言ってないよ。言いたくなったら自分で言うと思うから」

『そうか…そうだね』

今は余計なことを言わない方がいい。濁すと、昴はすんなり引き下がった。

『あ、そうそう。もう一つお願いもあるんだ。もし日程が合うなら、一日来るの増やしてもらいたいんだけど』

「いつ？」

『十九日』

それは伊織の誕生日だ。

「…いいのか？」

『うん。いいこと考えたんだ。よければ君にも手伝ってほしい』

心配になる自分とは逆に、昴は明るく言う。少々悩みながらも、晴匡は話を聞くことにした。


その週の土曜日。昴が打ち合わせに出かけた午後に、晴匡は入れ替わるようにして、大量の荷物と共に家に入った。誰もいない状態で家に入るのは初めてだ。エントランスは管理人に開けてもらい、鍵はあらかじめ昴から教えてもらったダイヤルナンバーを使って、ポストから自分で取り出した。

伊織も出かけている。昴は違う理由を聞いているだろうが、その理由を自分は知っている。用を済ませたらまっすぐ戻るはずだ。こちらも手早くしなければいけない。晴匡も作業を急ぐことにした。

「よう、おかえり」

思った通り、伊織は三時間かからず戻ってきた。家にいる自分を見つけて、目を丸くしている。

「あれ？　どうして…」

「事情があって、今日だけ先に家に上がらせてもらうことになったんだ。大丈夫。お前との約束も破る気ない。ちょっと内容変更だけどな」

「そうなの？」

「食事できてるんだよ。お前はこれからするんだろ？」

「うん。っていうかこれ…」

伊織は買い物袋を持ったまま、模様替えされたリビングを見渡した。

模様替えといっても、家具の位置は変わっていない。ソファーにかけられたゼブラ模様のカバーと敷物。豹柄《ひょうがら》のクッションカバーに膝掛《ひざか》け。サイドボードの上には動物のフィギュアが置かれている。全部昴が購入して、こっそり家に隠しておいた物だ。急場しのぎゆえ仕方ないが、微妙なサファリ感ではある。

「まぁ、まずこっちに付き合え。はい、これ履いて」

晴臣は伊織にフカフカな素材でできている動物スリッパを差し出した。ついでに耳がついた着ぐるみ状態の動物帽子も被せる。これで仔《こ》ライオンの一丁上がりだ。

突然ライオンに仕立て上げられた伊織は、なんとも言えない顔でこっちを見上げてきた。

「昴の前で、どうしても今日がよかったたって言っただろ?」

「……」

「言っとくが、これ思いついたの俺じゃないから」

間違われたくないので、ここだけは強調しておく。

「精一杯考えた結果なんだから、男なら黙って受け入れろよ」

発案者がわかったらしい。伊織は笑うのをこらえるような顔をして、「わかった」と頷《うなず》いた。

「それから、今日一日それ取るの禁止な」

「えっ」

嫌がらせなんじゃないの、と伊織が文句を言ったが「今日は動物園の日」と黙らせる。

その後は、二人で元々の予定に合わせて動いた。着ぐるみ帽子は換気扇や棚にゴンゴン当たって邪魔だったが、それにも次第に慣れてくる。一通り終えると、あとは昴の帰宅を待つだけになった。遅くなるから先に夕食にしようと言ったが、伊織は昴と一緒に食べると言って聞かない。仕方ないので、二人で常備菜を作ったり、地味にサファリのＤＶＤを眺めたりした。

待望の昴が帰ってきたのは、夜八時半を回った頃だった。バタバタと慌ただしく、ケーキを片手に昴が入ってくる。

「ごめんね、遅くなって。あ、伊織かわいいっ」

抱きつきに行った仔ライオンの伊織を見て、嬉しそうになった昴は、こっちを見た瞬間噴き出した。

「ちょ、それ…っ」

「なんだよ」

ワニのスリッパとワニの着ぐるみ帽子。それで腕組みしていた姿はかなりシュールだったようだ。サイズが若干小さく、ワニの帽子が浮いているところが、また一層珍妙さを醸《かも》し出していたのだろう。

「昴の分もあるぞ」

「いやいや」

「遠慮するな、ほら」

一式を渡すと、中を見て昴が大笑いした。ウケながら、ケーキを置いてそれらを身に着ける。これの買い物を頼んだのは昴だが、買ってきたのはこちらなので、昴は初めて見るのだ。

「なんで俺、カエル？」

「昴、似合ってる」

「嘘だぁ」

昴は楽しそうに伊織に言い返す。

「っていうか、カエルは動物園じゃない気が…」

「もうそれしかなかったんだよ。それより、夕食にするぞ。伊織、帰ってくるの待ってたんだから」

頑張って作った行楽弁当を、水筒と共にリビングのローテーブルの上に並べる。動物柄の布で覆ってあるテーブルの上に、パンダやクマ、ペンギンなど動物の型をしたおにぎりや、ウズラ卵のヒヨコ、ウインナーの象、ライオン、ミツバチ、シマウマ…その他、色とりどりのおかずが並ぶ。伊織の誕生日プレゼントがわりにと頑張ったものに、二人が目を輝かせた。

「それと、これは明日の分」

中はお楽しみだと言って、晴匡は弁当包みを昴にちらりと見せた。保存容器の三段重ねだ。

「え、それも作ってくれたの？」

「伊織がな」

昴はまたたいて伊織を見た。

「…ホントに？」

「やり方は俺が教えたけど、本当に全部自分で作ったよ。伊織、器用だな。料理の才能あるよ」

「そんな、誕生日なのに…」

「昴に作りたかったんだ」

伊織はにっこりと笑った。

「僕、料理できるんだよ。作れるよ、昴」

料理を教えてほしい。そう伊織から言われた時は驚いた。本当は夕食を作って驚かす予定だったのだが――まぁ依頼が被ってしまったので仕方ない。

「すごいね。えらいね、伊織」

昴は満面の笑顔で仔ライオンの頭を撫《な》でる。

「昴、食べよう。僕お腹《なか》すいた」

伊織が昴の袖《そで》を引っ張る。見上げる伊織に、昴が笑顔になった。

「そうだね。食べよっか」

手を繋《つな》いで二人がリビングに来る。楽しそうに微笑《ほほえ》む昴に、晴臣も笑みを返した。


「結構飲んだねー」

「そうだな」

途中から投入したビールのせいで、目の前の昴はいい感じに酔っ払っている。

食べるのに邪魔だったため、全員帽子は早々に取っていた。三人でハッピーバースデーの曲を歌い、途中で昴からや、両親からのプレゼントを受け取り、伊織は心底嬉しそうだった。

そんな楽しい時間もそろそろ終わりを告げている。

「朝ごはんは伊織のがあるし、明日は君、休みだよね。今日はもう遅いから泊まってったら？」

「え…」

ドキっとした。

「伊織もいいよね？」

「いいよ」と頷かれる。

「ほら、伊織もこう言ってる」

誘われて、こんなにドギマギするとは自分でも思わなかった。昴が乗り気なのがわかって、余計に戸惑う。

「けど寝るところが…」

「あ、そうか。余分な布団《ふとん》ないんだった。シングルだもんね。俺と一緒じゃ狭すぎるか…。俺が伊織と寝ようかな。それで俺のベッド使ってもらえばいいし」

「いや、そこまでしなくていいから。毛布貸してくれれば俺はソファーで…」

言ってからハッとした。

「じゃ、泊まり決定だね」

にっこりと微笑まれる。二人の笑顔を見て、晴匡は自分が罠《わな》に嵌《は》まったことに気づいた。

その後、晴匡はいつものように片づけを始めた。

昴は洗面所で、風呂《ふろ》上がりの伊織の髪をドライヤーで乾かしている。まるで美容師ごっこだ。楽しげにじゃれ合っていてかわいい。男同士でこんなにかわいくていいんだろうか。猫が二匹、気持ちよさげに毛づくろいをしているみたいで、見ているとこそばゆい気持ちになる。

それにしても普段見えない私生活を垣間見ると、妙に気恥ずかしくなるのはなぜだろう。見てはいけないもの見たような気がして、これまた落ち着かない。

「はは。伊織の髪ツヤツヤ～」

昴はかいがいしく世話を焼いている。髪を後ろへ流すように梳《と》かす手櫛《てぐし》が気持ちよさそうで、伊織が羨ましくなった。それを当然のように受け入れている姿が、ちょっぴり憎らしくもなる。

あんなに優しく触れられているのに、あの慣れっぷり。

できることならかわってほしい。自分なら、昴の指をもっと心行くまで味わうのに。いっそ伊織を退《ど》かして自分がかわりに座ってやろうか、と思い、行きすぎた考えに、晴臣は一人反省した。

「でもやっぱり全然太くなんないね。なんでだろ。よく食べるし、栄養よくなったのになぁ」

「えー、こんなもんでしょ」

「けど頭蓋骨《ずがいこつ》も小さいし。気合い足らないんじゃない?」

「気合いの問題かなぁ、それ」

「あれだ。ワカメ食べよう、ワカメ」

「なんで?」

「髪が増えるっていう…あれ? 黒くなるだったかな…」

「しーらないっ」

伊織がささっとドライヤーから抜け出した。

「こら、まだ終わってない」

「もう乾いたっ」

「伊織っ」

呼び止めも虚しく、伊織は部屋に駆け込む。

「ったく…」

昴が仕方なさそうにドライヤーを切る。晴臣は片づけを終えて、リビングに戻った。

「ホントに仲良いんだな」

「ごめんね、賑《にぎ》やかで」

「いいよ、聞いてて楽しいし。いつもあんなことやってるのか？」

「濡《ぬ》れたまま寝て風邪《かぜ》ひいたら大変だからね。あ、次風呂どうぞ」

さらっと勧められて、内心慌てた。

「俺、最後でいいよ。まだ酒が抜けてないし」

「そう？　じゃあ先入るね」

入るって、俺の前でそんなあっさり…と思ったが、昴は平然とバスルームに向かう。

風呂という言葉に、艶《なま》めかしいものを感じる自分が間違っているんだろうか。どうにもそわそわしてしまう。

参ったなと思っていると、しばらくして水音が聞こえ始めた。伊織が入っている時はそうでもなかったのに、バスルームから洩れ聞こえる水音が、今は妙に悩ましく聞こえてくる。

聞いているうちにいたたまれなくなってしまい、晴匡は残っていたビールを呷《あお》り、うつ伏せでソファーに沈んだ。両手で耳を塞ぎ、音を聞かないようにする。そのうちふわりといい匂《にお》いがバスルームの方から漂ってきて、頭の中の妄想はもっと激しくなった。

こんな音を聞かせるなんて、無自覚すぎる昴が怖い。いや、こちらの気持ちを言ってないから当たり前なんだが、それなりに警戒心ってものを持ってほしい。と言うか、この前まで警戒してたんじゃなかったのか。あれはもういいのか？　信頼してくれるのは嬉しいが、ここまで無防備なのもちょっと……。

「おーい」

ペチペチと腕に触れられて、晴匡はビクッと意識を戻した。

どうやら一瞬寝ていたらしい。

けれどまだ、昴の風呂上がりに我慢し切れずに見た、バスタオル姿が目に焼きついている。やはり体は自分よりも一回り細身で――思っていたよりしっかりと筋肉がついていた。あの時濡れた体から立ち上っていた匂いが、今は自分の周りを取り囲んでいる。

「こらー、起きろー」

全く怒ってない声で言われる。

いつのまにか毛布を掛けられていたのか、触れられる感触が柔らかい。じっとしていれば立ち去ってくれるかと思ったが、昴は何度も腕を叩《たた》いて、なかなか離れようとしない。このまま寝たフリは無理か…と諦めて目を開けると、濡れ髪の昴が見えた。

「風呂は？」

覗《のぞ》き込んでくる昴は服を着ていたが、全身からはまだいい匂いがする。自分まで清潔な匂いに包まれて、晴匡は気恥ずかしくなって目を閉じた。

「あ、こら。寝るな」

起きろと体を引き起こされて、狸寝入り《たぬきねい》を阻止される。なんの疑問も抱かず触れてくる無遠慮な存在に、晴匡はモヤつく気持ちをごまかし、しなだれかかるフリをして抱きついた。冗談のつもりだったのに、自分よりも一回り小さな肩は、気持ちいいくらいすっぽりと収まってしまい、心地いい感触と、優しい匂いに手放せなくなる。

シトラス？　花の匂いだろうか。自分とは違う匂いを、晴匡はここぞとばかりに胸一杯吸い込む。

「いー匂い…」

「えー？　なに」

心の声が洩れてたらしい。昴が笑う。

「昴、いい匂いする…」

「君も風呂に入ればするよ。入ってきたら？」

あやすように言われて、俺は子供か、と笑ってしまった。

伊織の立場が少し羨ましい。どれだけ好きとアピールしても不自然ではなく、子供だからと思っていることも全部言葉にできる。だが同じことを自分がしたらアウトだ。どうなるかわからない。

この温《ぬく》もりの心地よさが、ちょっと憎い。

無性に欲しくなっても、自分の立場ではこれ以上どうにもできない。できるのは、せいぜいこうやって、気持ちをごまかして触れることぐらい。たとえこの先、友情をはぐくむのに成功しても、できることは今と大差ない。

なら告白を、と思うが、それも怖かった。昴はストレートだ。ストレートの男が、一体どのくらい同性を好きになってくれるのか。自分でも好きになったんだから、自分が惚《ほ》れた時みたいに、なにかのキッカケで昴も目覚めてくれないだろうか。

「…ないか」

「ん？」

つい口から出ていたらしい。昴が「なに？」と声をかけてくる。柔らかい声に釣られて、晴臣は顔を上げた。すぐ近くに見える、水分を含んだしっとりとした肌《はだ》に、つい嬉しくなって顔が緩む。

「昴…」

「うん？」

「昴はさぁ、どういう男が好き？」

こんなに長い時間、昴に触れているせいだろうか。気が大きくなって、口が滑った。

「男？」

ビックリしたのか声が高くなっている。

「なに、急に。今頃悪酔い？」

その通りだ。シャンプーの香りに酔ったのか。それとも動いたせいで、最後に飲んだビールが回ったのか。今なら、酒の力でいつもより大胆に聞ける気がする。

「いいから——どういう男なら惚れる？」

「どうしたんだ、変だよ。統計でも取ってんの？　大学でなにか言われた？」

「言って！　俺を助けると思って」

力押しすると、昴は困惑しながらも「そうだなぁ」と考え始めた。「惚れるねぇ」と呟《つぶや》いて、しばし黙り込む。

「かっこいいって思える人かな」

ポツリと、そう言った。

「でもホントになんでそんなこと聞くの？　あ、誰か好きな子でもできた？　だったらその子に直接聞いた方がいいと思うよ。男と女じゃ『かっこいい』の意味が違うだろうし。——聞いてる？」

「…いてる」

「全然聞いてる感じじゃないよ。眠そうだし」

「昴から見て、俺はかっこいい…？」

本気で聞いたのに、『バカだなぁ』と言いたげに笑われた。しょうがないなぁとばかりに、軽く頭を撫でられる。

「はいはい。君はかっこいいよ。かっこいい、かっこいい」

甘えん坊の子供に言うような、明るい口調だった。

「かっこいいから起きて？」

嫌だ。もっと触れていたい。晴匡は答えないまま、さっきよりも強く抱きしめた。そうしてグリグリと顔を首筋に擦《こす》りつける。くすぐったかったのか、腕の中で昴が笑った。

「この酔っ払いめ」

大型犬を撫でるみたいに、体をよしよしと撫でられる。その指があまりに心地よくて、晴匡はうっとりと息をついた。

「飲みすぎたんだね。大丈夫？」

伊織に向けるのと変わらない声が耳をくすぐる。高すぎず、低すぎず、絶妙なバランスで耳を滑る、甘い声。それが優しい匂いと混ざって、自分を包み込む。その声に、ふと咲き誇る桜並木を思い出した。薄桃色の花びらと、春の匂い。出会った時の綺麗《きれい》な横顔を思い出して、つい笑みが零《こぼ》れる。

「風呂…はもうよした方がいいか。水持ってこようか？」

「昴…」

「ん？」

耳を傾けるように顔が近づく。その温もりに惹《ひ》かれて、流されるまま顔を寄せた。唇《くちびる》に触

れるしっとりとした感触に蕩《とろ》けそうになって、驚いたように離れたそれに我に返る。

「あ…っ」

目の前で、昴は呆然《ぼうぜん》とこちらを見ていた。キスしていた自分に、慌てて手を離す。

「あ、違う。その…あれ⁉」

みっともないくらい慌てふためく姿を、昴はただ見ている。

「違うからっ。いや、違うのも違って、あの…！」

言葉が出ない。晴臣は昴に向き直った。

「昴、俺…っ」

ふいに、昴が立った。音のない動きだった。さっきまで見えていた表情が、陰になって見えない。

「おやすみ」

抑揚のない声に、すうっと酔いが醒《さ》める。リビングを立ち去る姿を前に、晴臣は身動き一つできなかった。


翌朝は微妙な空気だった。

「…おはよう」

「おはよう」

返される声も、心なしか他人行儀な気がする。昴がいつもより素っ気なく感じるのは気のせいだろうか。

あれからどうすればいいのか、一晩中ソファーでグルグルしながら考えた。しかし未だに言い訳は見つかっていない。

そもそもなにを言い訳すればいいんだろう。魔が差したこと？　酔いに任せて告白よりも先にキスしたこと？　昴を好きなことは、止めろと言われても止められやしない。

昨日、最後に向けられた冷ややかな声を頭の隅に追いやって、晴匡は自分を奮い立たせた。落ち込んでいてもしょうがない。とにかく、今は精一杯詫《わ》びよう。告白するにしても、まずは詫びだ。たとえ昴が許してくれないとしても。

「昴、少しいいかな」

覚悟はしたのに、呼びかけただけで声が震えた。緊張で喉《のど》の奥が詰まる。

「なに？」

「あの、昨日のことなんだけど」

ダメだ。声が上擦る。ちょっとでも間を空けると体が強張ってしまいそうで、晴匡は勢いよく頭を下げた。

「本当にすまなかった。こんなこと言われても許せないかもしれないけど、俺…っ」

「なんのこと？」

空々しい、硬い声が返ってきた。

「なんのって、昨日の…」

「ああ、あれ。いいよ、気にしてないから」

「え…」

取るに足らないことのように言われて、晴臣は固まった。顔はこちらを向いているのに、昴の目は自分を映していない。いつもより抑揚のない声は張りつめていて、誰にも向けられない憤りを含んでいるように思えた。

「随分眠たそうだったもんね。酒も飲んでたし。そりゃ色々訳わかんなくなるよね」

「違う、あれは…」

「大丈夫だって。誰にも言わないし」

先手を取られて、言い淀《よど》む。

怒ってる？　呆れてる？　嫌いになった？　昴の気持ちが摑《つか》めない。表情が読み取れない。

視線が──合わない。

「寝ぼけて間違えたんだろ。あの状態じゃ無理ないよ」

「昴、俺は…っ」

「そうだろ?」

さっきよりも強い口調で聞かれて、先の言葉を呑《の》み込んだ。

これで話を終わらせてほしい。そう言っているのがわかる。それ以上の言葉を、昴は望んでいない。晴匡は視線を落とした。

「…悪い、俺酔ってて」

「その年だとよくあることだよ」

気にしないでとばかりに声をかけられる。その言葉は妙に重く響いた。


やっぱり諦め切れず、その後どうにか隙《すき》を見ては気持ちを伝えようとしたが、全部うやむやにされて晴匡は機会を与えてもらえなかった。

昴とぎこちなくなったかわりに、伊織からはあの日以降懐かれている。今では毎回一緒にキッチンに立っている状態だ。料理のことも積極的にあれこれ聞いてくる。性に合うらしくて、できることもどんどん増えていった。

それと同じスピードで、昴との距離も開いていた。自分が伊織と仲良くしているから、無下にはできない。そう思って無理しているのが、普段の態度で伝わってくる。

「今日も教えてもらうの?」と聞いて、頷く伊織に「よかったね」と返した言葉。その声のイントネーションの変化に、晴臣はもう気づいていた。

昴は困っている。それでも、ここを離れたくない。自分から辞めるとは言い出したくなかった。

どうしてもあの日のことを話したくて、前に、昴に声をかけたことがある。話があると部屋に入ると、パソコンに向かっていた昴の体は固まった。

「なに? もうご飯できた?」

来て十分も経ってないのに、そんなわけがない。硬い声に、緊張が見て取れる。今まで来た時は、仕事中でも挨拶に顔を出してくれたのに、最近は自分が来ると仕事だと部屋に引っ込んでしまう。避けられているのは疑いようもなかった。

「それはまだだけど、話がしたくて」

「話?」

声が様子を窺《うかが》っている。警戒しているのだ。

「この間のこと」

振り向かない背中がビクッとした。

「ほら、あの日は俺酔ってたし、朝も…俺は言いたいこと言えないままで。だから落ち着かなくてさ。やっぱりきちんと話した方がいいと思うんだ」

キスをした時の気持ちも伝えたい。叶うなら、あの夜からやり直ししたい。けれど返事はなかった。どれだけ待っても反応がなくて、動こうとしない昴を見つめる。

「ええと、こっち向いてくれないかな」

「その話はしたくない」

小さな、震えるような声が返ってきた。

「けど」

「したくないって言ってるだろ！」

大声にビクッとなった。

振り向いた昴自身、ハッとしたように目を見開いている。昴はなぜか、自分よりも何倍もショックを受けたような顔をして、俯《うつむ》いた。

「ごめん。怒鳴ったりして。でも本当にそのことはいいんだ。俺は少しも気にしてない。だから…」

ようやくこっちを向いた目は、涙で滲んでいる。傷ついている姿に、「そっか」としか言えなかった。

「わかった。俺の方こそ何度も悪かった」

昴はそんなことないと首を横に振る。精一杯笑みを浮かべているのが痛ましくて、晴臣は告白を諦めた。この話は昴を傷つけるだけだ。もう触れてはいけない。そう心に決めて、明

る く話しかける。

「夕食作るよ。今日は里芋の煮っ転がしなんだ。なんか無性に作りたくなってさ。イカ入れて、みりんで照りつけて、いいよな、あれ。昴も好きだろ?」

ためらいがちに頷かれる。

「おいしいの、作るから」

じゃあ、と明るく部屋を出る。それでも部屋を出るその時まで、ぎこちない空気は取れなかった。

正直、あんなに強く拒否されるとは思わなかった。

男同士でもじゃれあいでキスをする輩《やから》もいれば、それを許せない人もいる。昴が許せないタイプなら、信頼を裏切られたと感じてもおかしくはない。

どちらにしても、昴はあの事実を切り取りたいのだ。記憶にも留《とど》めたくないほど嫌がっている。それがわかったから、晴臣はあの日のことを封じ込め、前と同じ態度を装うことにした。同じ距離感。同じ雑談。けれどそれらも、頑張れば頑張るほどずれていく。

キスの話を持ち出した日以降、昴が感情を昂《たかぶ》らせることはなくなった。微妙な均衡を保ちつつ、三人で食卓を囲む。努力の結果、それは一見、和やかに見えるようにもなった。

その日の夕食は和食だった。伊織はジャガイモの皮むきを頑張ったと、笑顔で昴に報告している。その様子を見つめていると、ふと昴の手元にあるキノコと玉ねぎの白和《しらあ》えが目についた。乗せたはずの鰹節《かつおぶし》が乗っていない。おかしいと思って食卓を探すと、醬油《しょうゆ》の傍《そば》に鰹節が置かれているのが見えた。

そういや、仕上げは伊織に頼んだんだった。そこにあると、昴からは器が陰になって存在が見えない。晴匡は腰《こし》を浮かせて鰹節に手を伸ばした。

「昴、これ」

腕が目の前を遮ったせいか、昴がビクッと身動《みじろ》ぎした。怯《おび》えたように、箸《はし》を持つ腕が引いている。

「あ…」

緊張しているのに気づいて、晴匡は手を引いた。椅子《いす》に座り直す。

「伊織。そこにある鰹節、昴に渡してあげてくれないか。かけた方がおいしいから」

「いいよ」

正面に座っていた伊織が摑んで昴に渡す。それを受け取る姿を、晴匡はもう見られなかった。笑顔は作れているのに、視線が落ちて、自分の手元しか見えなくなる。

意思を持って触るのではなく、偶然肌が当たるのも嫌なのか。それすらも耐えられないか。そう聞きたいのに、聞きたくない。

答えのない息苦しさを感じているのは自分だけじゃなかったらしい。昴はそそくさと食事を終えると、居心地が悪いのか、じゃあ、とすぐ部屋に戻ろうとする。

こんなに早く行かれたくなかった。まだ少しも話せていない。

「昴っ」

慌てて立ち上がると、昴が弾《はじ》かれたように振り向いた。

「な、なに？」

「その、えーと…今度どこかに行かないか？　三人で」

「え…っ」

変な間ができた。それに気づかないフリをして、晴臣は明るく声をかける。

「今度こそ弁当持ってピクニックとかさ。楽しいと思うんだけど」

ここで食い下がらないと、この先もっと距離ができる。詰めるなら今しかない。前と同じに振る舞えば、少なくとも今まで通り傍にはいられるはずだ。そう思ったが、昴は視線を泳がせた。

「でもそっち忙しいよね。学校もあるし、他にバイトも…」

「俺なら大丈夫だから」

自分の態度が昔とは違うのか、ごまかしが上手《うま》くできていなかったのか。前は喜んでくれただろう提案にも、昴は浮かない顔のままだ。

「そうは言っても、あんまり迷惑かけるわけには」

「そんな風に思ってたら誘ったりしない。昴が嫌なら、無理にとは言わないけど…」

「あ」

自分の失言に気づいたのか、昴が黙り込む。お互いに気まずくなって、しんとした。微妙な雰囲気の中、先に口を開いたのは昴だった。

「気持ちは嬉しいけど、仕事の予定が見えないんだ。また今度にしていいかな」

「そ、そうだよな。ごめん、急に言って」

「ううん、全然。誘ってくれたのは嬉しい。ホントに、嬉しいし…」

——顔、強張ってるよ…。

気を遣われているのが痛いほどわかる。自分に向けられる笑顔のぎこちなさに、晴臣はますますさびしくなった。その気持ちをごまかして、精一杯笑顔を向ける。

「呼び止めてごめんな。仕事頑張って」

「…ありがと」

送り出したことで、少しだけ、昴の表情が和らぐ。部屋に向かう姿から強引に目を逸《そ》らして、晴臣は椅子に座り直した。伊織がちらりと視線を寄こしてくる。

「行儀悪いよ」

「…だな」

立ったことにチクリと言われて、晴臣は苦笑した。

これが、自分のしたことの代償か。

仕方ない。誰だって、同性から恋愛感情を向けられたら戸惑う。それが見知った相手なら、今までどういうつもりで傍にいたんだと、人によっては嫌悪感を持つだろう。嫌われても仕方ないのに、自分は恋に浮かれて現実を見ていなかった。

他人事《ひとごと》なら不倫話にも平気で食いつく佐々木でさえ、「元に戻れ」と言ったことを思い出す。カミングアウトした時、大それたことをした意識は全くなかった。軽く流して、二人で笑って終わるものだと思っていた。恋に性別は関係ないとか、ありきたりな言葉を適当に口にされて、背中を押されるだろうと。正面から否定されることも心の隅で想像していながら、それに対する実感は持っていなかった。

——元に、か…。

まともではないと、じかに言われるのとどちらがきついだろう。自分が望んだ関係はそういうことだ。

だから自分が悪いのだ。昴はなにも悪くない…。

目頭にツンときたのをごまかして顔を上げると、晴匡はさびしさを隠して、箸を進めた。

その日から、晴匡は自分から昴に近づくのを止めた。

スケジュールの変更を願い出て、昴の家に行く回数も減らす。そのかわり、行った日は作り置きを今までよりも多く作った。

本音を言えば傍にいたい。けれど、昴が望んでいるのはきっと『キスをする前の、気の置けない相手としての自分』で——自分はそれには戻れなかった。気持ちを変えられない以上、離れるしかない。

昴のところに行かなくなった分、店のバイトを増やす。そうやってじりじりと距離を取っていると、会えなくなったせいか、昴からたびたび連絡が来るようになった。

体調や勉強を心配する電話。大丈夫だと言うと、時間がある日に来られないかと都合を聞かれるようになった。そのついでに、たわいない話題が入る。

声だけでも聞きたかったから、最初は嬉しかった。昴を怖がらせることがないよう、言葉を慎重に選びながらも、一言一句聞き洩らさないようにしている自分がいた。

だが、次第に混乱してきた。

昴がどういう意図で連絡してくるのかわからない。自分が傍にいた時、昴はしんどそうだった。だから離れたのに、今度は近づいてくる。天気の話をしながら、自分の我慢はなんだったんだろうと、ふと思った。こんな状態を続けて、一体自分にどうしろと言うんだ。

怒りにも似た困惑を隠せないまま、それでも自分は、昴からかけられる言葉に一喜一憂する。その一方で、出口が見えない辛《つら》さに翻弄《ほんろう》されて、疲労と悲しみが胸の奥に蓄積していた。

その日も、バイトが終わりかけた時間に電話が来た。

『今、大丈夫？』

電話越しの声は優しい。

『実はこないだ、兄貴からお土産《みやげ》が届いたんだ。明太子《めんたいこ》なんだけど。食べに来ない？　ご飯も炊《た》いたし』

昴からの誘いは嬉しい。前なら飛びついていたが、今は喜べなかった。

「ごめん、今日は店の仕事が延びて行けそうにないんだ」

嘘を言った。バイトは早番で、もう終わる。昴のタイミングはピッタリだった。

『そうなんだ。でも別に少しくらい遅くなっても』

「悪いが、本当に時間が見えないんだ。迷惑かけることになるから」

『そっか…』

昴の声が沈む。

本当に迷惑をかけているのは自分の存在だ。想いを断ち切れないでいる、自分。

「ごめん」

好きな相手とも友達に——なれる人はなれるんだろう。だが、自分には無理だ。そこまで強くない。昴が誰かを愛する様子を見せつけられても、冷静でいられる自信はない。

『いいよ。こっちこそ急にごめん。気にしないで』

無理に作られた明るい声に胸が痛んだ。これから自分が口にする言葉は、多分追い討ちになる。それがわかっていて、声をかけた。

「昴」

『なに?』

電話の声が明るくなる。

「俺、あの…ほら、三年だろ。この先のこともあるし、これから忙しくなりそうなんだ。だから、今までのようにはそっちに通えなくなると思う」

『あ…』

望んでいた言葉ではなかったんだろう。電話の向こうで、息が詰まるような音がした。

「急に電話でこんなこと言って悪いんだけど」

『ううん』と返事がくる。

『事情が事情だし、しょうがないよ。そうだよね、就活大変だもんね』

晴臣は苦笑した。

店を継ぐなら、就活は必要ない。我ながら、変な言い訳を使ったことに気づく。

「伊織はいい子だからさ、他の人を頼んでも上手くやっていけると思うよ」

本当は、自分が傍にいたかった。

昴と伊織と三人で、あの家で賑やかに食事をしたかった。けれど自分は家族ではない。あの輪には入れない。

あの中に入ったから昴を好きになって、好きになったせいで傍にいられなくなる。皮肉だった。

『…そうだね』

落ち着いた声だった。

なにかを諦めたような、少しさびしげな声。どうせ聞くのなら、もっと楽しそうな声がよかった。昴にこんな思いをさせたかったんじゃない。

『まだ時期は決まってないんだろ？　次は来れるんだよね？』

「ああ。まだ大丈夫」

「じゃあ…」

それは踏ん切りがつけられないからだ。自分で終わりにする覚悟が、まだできない。

『うん』

「あの、昴…っ」

切りたくなくて、とっさに声が出た。

『なに？』

昴が耳を傾けているのがわかって、喉が詰まる。バイトを辞めたくない。傍にいたい。口から出かかった言葉を喉奥で潰す。

「――なんでもない」

もっと声を聞きたい。本当はこのままずっと聞いていたい。

その気持ちを押し込めて、電話を切った。

あの日のことを思うと、今でも口の中が苦くなる。昴と会えなくなったら、自分はどれだけこの苦味を飲み下さなければいけないのだろう。

「ハル君、来てるわよ」

パートのおばちゃんの声に、晴臣は意識を戻した。半屈《はんかが》みのまま棚から顔を上げると、あっち、と従業員用の出入り口を指し示される。

熱いわねぇ、とパートのおばちゃん達に冷やかされて、誰が来たのかわかった。商品の補充の続きを他の人にお願いして外へ出ると、店の裏には、コンパで出会った松浦《まつうら》がいた。百五十センチ台の小柄な体に、店の雰囲気には合わない、柔らかなピンク色のシフォンスカートを纏っている。

困った。こんなに綺麗な恰好《かっこう》をされては、座る場所もない。

「来ないでって言ったと思うけど」

「ごめんなさい」

頭を下げられても、こっちも困ってしまう。立たせておくわけにもいかないので、野ざらしのベンチにハンカチを敷く。どうぞ、と手で示すと、彼女はちょこんと座った。

かわいらしい女の子だった。

一つ下のはずだが、こぢんまりとして幼く見える。昴の言っていた、かわいくて守りたい女性は、こういう子のことを言うのだろう。

コンパで会った時もそう思った。穴埋めで連れてこられたのか。佐々木達の賑やかさ、女子達の華やかさとはどこか違うフワフワした見た目は、若干浮いていた。内気そうな笑顔で頑張って周りに合わせていて、気を遣ってばかりいるように見えた。

なんとなく放っておけなくて、手助けして、コンパの後に彼女が自分を好きになったらしいという話を聞いた。あの子でいいだろ、とにかく付き合え、と佐々木に言われて、即座に断った——のに、デートの約束を取り付けられていた。

それを聞かされたのが直前で、自分は連絡先も知らない。佐々木は連絡先を教えようとせず、彼女を待たせるわけにも行かなくて、仕方なく待ち合わせ場所に向かった。

その時こちらの気持ちを伝えて断っているのだが、彼女はあれから何度も店に来ている。その行動が純真さから出ているのがわかるから、余計に困った。

「わざわざこんなところまで来なくていいよ。大変だろ」

家が逆方向なのに、このためだけに来られても重い。

「全然。私は働いてるの見てるだけで楽しいいし。周りの人も親切にしてくれて」

「ああ…」

あれは興味本位なだけだ。

おばちゃん達は突然来た若い子に夢中になり、あっという間に娘同然にかわいがってしまった。恋の話題はいくつになっても嬉しいようだ。おばちゃん達まで浮き足立っているのが、よくわかる。この頃では、店でもよく彼女達の視線を感じるようになっていた。陰でなにを言われているのかと思うと、少々恐ろしい気もするが……。

こっそり溜め息をついていると、松浦があの、と声をかけてきた。

「時間があればでいいんだけど、もしよかったら今度一緒に……」

「強引に行けって佐々木に言われた？」

彼女の顔色が変わった。

「松浦さんのキャラじゃないもんね」

彼女はためらってから、俯く。

「ごめんなさい……」

「謝らなくていいよ」

元はといえば佐々木が悪い。

「気持ちは嬉しいけど、何度来られても無理なんだ。もう来ないでほしい」

「そんなに、その人が好きなの……？」

好きな人がいる、と、待ち合わせ場所に行った時に伝えた。だから今は誰とも付き合えない。そんな気にはなれないとも。

「好きだよ」

口にすると、切なくなる。

「この気持ちが変わることはないと思う。少なくとも今は変えられない」

報われないと知っていても、すぐに気持ちが消せるわけじゃない。風化には長い年月が必要で、今の自分はそれすらできない気がしている。

「そう…」

「応えられなくてごめん」

優しく伝えたのに、彼女はその言葉にぽろっと涙を零した。自分でも気づかなかったらしく、落ちた涙を見て慌てたように顔を隠す。

「大丈夫？　タオル持ってこようか」

彼女は首を横に振る。

ハンカチを差し出したいが、使ってしまったためそれもできない。困っていると彼女は自分でハンカチを取り出した。

涙が音もなく、淡い花柄のハンカチに吸い取られていく。懸命に涙を止めようとする松浦に声をかけられないまま、晴臣は自分のために流れた涙を見つめた。

仕事を早上がりして、彼女を送ることにした。あの後おばちゃん達に見つかって、女の子を泣かせたと大騒ぎになったのだ。彼女が違うと言っても聞いてもらえず、事態の収拾に異様に手間取ってしまった。

「おまたせ」

店の制服を脱いで、彼女の元に向かう。彼女は一人で帰れると言ったが、日も落ちたし、会うのも最後なので、自分から送ると言った。

「今日はごめんなさい、色々迷惑かけて…」

「そっちも大変だっただろ。ごめんな」

自分を待っている間、彼女はおばちゃん達の質問攻撃にあっていた。すぐに持ち場へ戻ってもらったが、来るたびあの攻撃を受けていたのかと思うと申し訳なくなる。

「私は楽しかったから」

穏やかに豪胆《ごうたん》な台詞《せりふ》を言われて、少しビックリする。

悪い子ではない。素直で優しい。昴と出会っていなかったら自分はどう答えていたかな、と思う。付き合っていたかもしれない。でも自分は昴に出会ってしまった。それが全てだ。

歩き出すと携帯が鳴る。晴臣はズボンの尻《しり》ポケットを探った。

「はい」

『なにやってんだよっ』

いきなり怒鳴られて、携帯を耳から離す。

「え？　伊織？」

『なんで来ないんだよ！　昴を泣かせるな！　今すぐ家に来いっ』

「え、なにっ」

ブチッと電話が切られる。

こんなこと初めてだ。昴になにかあったんだろうか。そう思ったら急に不安になってきた。

晴臣は松浦を見た。

「悪い、一人で帰ってもらっても大丈夫かな。俺、用ができて――」

言いかけて、目が彼女とは別の場所で止まった。葉桜の時期も過ぎた、薄闇色の細い並木道を、ぼんやりと歩いてくる姿が見える。

「昴…」

店に向かっていたのか。昴は目が合うなり、方向転換して走り出した。

「ホントごめん、気をつけてっ」

彼女にそれだけ言い残して、追いかける。

「待てよ！」

足が速くて追いつけない。並木道を通り抜ける手前でやっと手が届いて、晴臣は全体重をかけて引き止めた。昴は腕を振り切ろうと暴れる。

「ちょっ」

「離せ…！」

「離すから！　離すから逃げないでっ」

暴れる腕が止まる。動かなくなったのを確認してから、そろりと手を離した。昴は俯いたまま、顔を上げてくれない。表情が見えない。

「昴、あの…」

「戻っていいよ」

ポツリと言われた。

「邪魔するつもりじゃなかったんだ。俺は…大丈夫だから。さっきは取り乱して悪かった。俺はいいから急いで。あの子行っちゃう」

昴は店の方へ目をやる。道を横切る彼女の姿を見たのかもしれない。ちらりと昴の視線の先に目を向けたものの、晴臣は顔を動かさなかった。彼女には申し訳ないが、今昴の傍から離れる気はない。

「彼女じゃないよ」

こんな言い訳は求められていないと知りながらも、口が真実を伝える。それを聞いて、昴の顔つきが変わった。

「嘘つき」

ボソッと言われる。

「あの子、彼女じゃないか。なんで今更そんな嘘つくんだ。みんな知ってることなのに…」

「え」

「そんなに俺には言いたくない？　大事な人だもんね、隠しておきたかった？　でもパートさんの話で知ってたよ。楽しそうに君の恋人だって喋《しゃべ》ってた。しょっちゅうバイト先にも来てるって」

言われて、昴が来る可能性を忘れていた自分に気づいた。

「店、来てたのか…」

「行っちゃ駄目なのかよ」

「そういうわけじゃ」

ただ、来るとは思ってなかった。

「君は俺になら、そうやって平気で嘘言うんだ。辞める理由も嘘なんだろ。このところ、ずっと俺を避けてたし」

声が尖《とが》っている。

こんなに怒っている昴は初めてで、晴匡は惑った。なぜ昴は怒っているんだろう。避け始めたのは、昴が先だったのに。

「それは昴のためを想って…」

「俺のため?! どこが!」

噛《か》みつくように言われた。

「土産持って店うろついた俺の気持ちもわからないくせに! 俺のためって言うなら、どうして傍にいてくれないんだよ! 嫌いだから辞めるんだろ!? 俺の傍にいたくないから…!」

「好きだよ」

昴の動きが止まった。

まばたきも忘れて顔を見つめる昴に、もう一度繰り返す。

「好きだよ。ずっと好きだった」

昴がさみしげに失笑した。

「嘘ばっかり…」

「好きだからキスしたんだ」

キスの一言に、昴は目を見開いた。

「本当はあの後、告白するつもりだった。でも昴を苦しめるだけだって気づいて、言わないことにしたんだ。なのに、やっぱり俺は好きなままで…。これじゃ傍にいられないだろ?」

昴はじっとこちらを見つめてきた。その目に、もう怒りはわいていない。あるのは戸惑いにも似た、子供のような驚きだった。

「なんで」

「だってキモいじゃないか」

言いながら、自分で悲しくなってしまう。

「表面を無理やり前と同じにしても、俺は心の中で昴を裏切り続ける。俺の『好き』はそういう意味なんだ。今も昴のこと触りたいし、抱きしめたいし、それ以上のこともしたいと思ってる。女じゃないのはわかってても、俺には女とは違う形でかわいく見えてる…」

昴がまたたく。しばらくして、こわごわと見つめられた。

「俺に、欲情…するの？」

「…するよ」

正直に答えると、昴が絶句した。胸に痛いほど長い時間視線がさ迷って、地面に落ちる。

「どうしてそんな」

「それがわかれば悩んでないよ」

晴臣は薄く笑った。

「こんなに好きになった理由は、自分でもよくわかんないんだ。ただ…傍にいるとどうしても、その…そういう気持ちを捨て切れなくて」

ここまで直接口にしたのは初めてだ。昴が引いているのがわかったが、口は止まらなかった。

「俺は昴が女の子と付き合うのも嫌だし、いつかあの家に俺以外の奴が上がるのかと思うと、それだけではらわたが煮えくり返る。幸せになってほしいのに、他の奴と幸せになんかさせたくないとも思ってる。傍にいたら、近寄る相手を片っ端から叩きのめすかもしれない。っていうか、ホントは今でもそうしたい。伊織だけは許すけど、他は誰も近づけたくない」

全部ぶちまけたら、少しスッとした。

「こんなんだからさ、昴が引くのも当然だと思うよ」

——終わった。

完全に終わりだ。物凄く恰好悪い…。最後の最後にやらかした自分に呆れてしまう。こんな形になるとは思わなかったが、気持ちは伝えられたからいい。

「安心していいよ。もう言わない。バイトも…今日で辞める」

昴は弾かれたように顔を上げた。

「元々終わりにするつもりだったんだ。俺、昴を怖がらせたこと後悔してた。——なんてこと言いながら、最後までこれでやんなっちゃうよな。ホント、嫌な思いさせてごめん」

後は綺麗に身を引くだけだ。そして、陰で幸せを祈る。みっともなかった分、せめて笑顔で終わらそうと踵《きびす》を返すと、腕を摑まれた。

「俺、嫌ってないよ…」

引き止める手が震えている。

「昴?」

「嫌ったことなんて一度もない」

小さいがシッカリした声で再度言われて、混乱した。

「嘘だろ?」

昴は首を横に振る。

「目も合わせてくれなくなったのに?」

「あれは、君があんなことしたから…っ」

意味が変わらずにいると、昴は恥ずかしそうに俯いた。

「そりゃあん…あんなことされたら、こっちだって意識するよ。でも君にそんなこと言えるわけないだろ。だって君は、キスしたこと後悔してて…」

「してない!」

「してたよ! 慌ててたっ」

「あ…っ」

晴臣は喉を詰まらせた。

「キスした後『しまった』って顔してた。朝も、らしくないくらい深刻な顔で謝ってきて、ああ、困ってるなって手に取るようにわかったよ。あのキスはホントにするつもりじゃなか

ったんだなって、思い知らされた。だから全部なかったことにしたんだ。けど、俺はあれからずっと忘れられなくて…。あれは本気じゃなかったんだ、忘れなきゃいけないって言い聞かせて。君と一緒にいたいなら、この気持ちは絶対気づかれたらダメだと思った。バレたら君が辞めてしまうかもって」

「……」

「部屋に来てくれた時も、君はあの時の話を蒸し返そうとしてて。俺は自分が誰のかわりにされたのかなんて知りたくなかった。詳しい説明されたって、嬉しくもなんともない！　それって結局、俺にキスしたのはミスなんだって伝えるだけで…！」

「違う！　あれは告白したくて…！」

話が見事に食い違っている。慌てて訂正すると、昴は
「そうなの？　俺、勘違いするなって言いに来たんだと思ってた」

と、衝撃的なことを言った。

全然違う。他に好きな人はいないし、自分が謝りたかったのは、謝ってからじゃないと告白できないと思っていたからで――ああ、なんだこれ。

「最初は、俺の気持ちがバレたのかと思ったんだ。それで忠告しに来たのかなって。『お前はあのキスを引きずってるだろ、わかってるんだぞ』って。だから…」

「昴…」

あの時それがわかっていたら、遠慮なく突っ込んでいってたのに。

「君を好きな分、近づくのは怖かった。声をかけられるたびにビクビクしたよ。自分がおかしな態度をしてないか、毎回不安で落ち着かなかった」

昴がぎこちなかった理由が、ようやくわかった。

自分と同じだ。意識して、戸惑って。

「でも君だけは失いたくなかったから、頑張って前と同じようにしたんだ。なのに心の整理つかなくて、どんどん態度おかしくなっちゃうし。そのうち君が来てくれなくなって、俺を避けて。電話で話そうとしても上手くいかないし、君は辞めるって言うし。同性相手にこんな気持ちになるのは初めてで、もうどうしていいのか…っ」

それは――期待していいんだろうか。

「さっき君は俺を好きだって言ってくれたけど、あれが本当なら、俺のこと嫌いじゃないなら辞めないでほしい。頼むから、俺から離れようとしないで。俺は毎日、バカみたいに君のこと考えてるよ。君がいないのはダメなんだ。六歳も違うのに、俺…」

「付き合って」

たまらず口から出た告白に、昴はビクッと顔を上げた。

「告白前のフライングは確かに後悔してた。気持ちも確かめずにあんなことして、傷つけたと思ってたから。今度は俺も、ちゃんと順序を守りたい。恋人になって、昴。恋人として傍にいさせて」

なぜか悲しそうな目をして、首を横に振られた。

「できないよ。君のことは好きだし、傍にいたいけど…」

「どうして」

「年の差考えてよ。上手くいくわけない」

深刻そうに言われた言葉に、晴臣はまたたいた。驚きのあまり、ワンテンポ遅れる。

「年⁉」

思いのほか大声になる。その響きが大したことないと言っているように聞こえたのか、昴がキッと見つめてきた。

「大事なことだろ」

「あ、いや、そう…え？」

そこを気にするのは構わないが——肝心なことが抜けてないか？

「君はまだ大学生でキラキラしてるからわかってないんだよ。これから先、君はもっとキラキラしてく。伊織みたいに。でも俺はだんだん下がっていくんだ。この年齢差ってそういうことだよ」

そんな風に考えていたとは思わなくて、驚いた。

「だとしても、それってそこまで気にすることか？」

「気にすることだよ。考えてもみてよ。君が伊織くらいの時、俺は中一だった。君が中一の時は、俺は大学一年。俺と君の間には、伊織が一人入ってるみたいなものなんだよ？　一歩間違えたら犯罪だ。ありえないよ」

「犯罪？」と声を上げて、晴臣は「ああ…」と納得した。

生徒と教師なら、罰せられる年齢差だ。知らないことを教えてしまえる年齢。ともすれば、なにも知らない相手を怪しい道に引きずり込んで、二度と這《は》い上がれないようにさえできる。

この年齢の溝はそれが可能だと、昴は思っているんだろう。

だが、たかだか六歳だ。それに。

「今は犯罪じゃないだろ？」

「そうだけど…」

昴は思い切れないらしい。晴臣は無言で視線を空に向けた。ゆっくりと何度かまばたきしてから、改めて昴を見る。

「男なのは、いいの？」

尋ねると、苦笑された。

「やだって言っても、君、男じゃないか…」

「年齢だって同じだ」

昴が黙り込む。間を空けてから、ためらいがちに「男同士はバレても逮捕されないだろ」

と呟いた。

「やっぱこっちの方が犯罪っぽい…」

年齢差を伊織で換算しているせいだろうか。斬新な考え方だ。真面目《まじめ》な顔で黙られて、晴匡はちょっと笑ってしまった。

「大丈夫だよ」

するりと言葉が流れ出る。

「そんなの気にすることない。心配しなくても、俺達上手くいくよ」

昴が驚いたように顔を上げた。

「なに、その自信…」

「だって好きだから」

答えになってないと思ったのか、微妙な顔をされる。

「そうだ、精神年齢で換算しようよ。だったら俺、結構近いと思うよ。たまに老けてるって言われるし」

昴がキョトンとした。

「俺にとっては、今のこの気持ちの方が大事だ。俺は昴と離れたくないし、このタイミングで出会えてよかったと思ってる。それじゃダメか?」

晴匡はそっと手を取った。

「今の昴が好きだよ」

ゆっくりと、一語一語大切に伝える。

「俺の傍にいて。俺には、昴が必要だ」

「六歳も違うのに…？」

「そうだよ」

答えると、泣きそうに顔が歪《ゆが》んだ。困ったような笑みで、心の中でせめぎ合いを続けながらも、昴が懸命に自分を受け入れようとしているのがわかる。

好きな人から想われる――それも同性相手ではなかなかないんじゃないだろうか。このチャンスを逃すまいと、晴匡は畳みかけた。

「俺は邪《よこしま》だし、昴の前だとずっと恋愛でしかいられないと思う。それでもよければ付き合ってほしい」

「六歳下で、キラキラしてるけど」と付け足すと、薄暗がりでもわかるくらい昴の顔が赤くなった。

「いじめっ子め」

悔し紛れのように言われて、かわいさに苦笑する。

「俺は優しいつもりなんだけど？」

違うと言いたげに、緩やかに首を横に振られる。年齢を気にする昴に恋人の立場をねだるのは、意地悪に見えるのだろう。

「でも、そういうとこも、俺は…好き」

柔らかい声で、ポツリと言われた。

「俺、マゾになったのかも…」

「責任取るよ」

カモンとばかりに満面の笑みで両手を広げると、つられたように昴が笑みを零した。はにかむ顔に、心の枷《かせ》が外れたのがわかる。

OKを伝えるその顔に、胸がいっぱいになった。これで離れなくて済む。これからは触れられる。溢《あふ》れる思いに背中を押されて近づいた。そっと体を抱きしめ、顔を近づける。

が、唇が柔らかい場所に触れる前に、体を強く押し返された。

突然の拒否に固まっていると、遠くから足音が聞こえてきた。通行人の中年男性は、微妙な距離を取って目を合わせない男二人のおかしさには気づかなかったようだ。気にすることなく、自分達の横を素通りしていく。

街灯が映し出す黒っぽい後ろ姿を目で追っていると、昴と目が合った。キスしたい、という心が漏れていたのか、昴はこちらを見て、落ち着かなそうな、複雑な顔をする。

誰が通るかわからない道の真ん中で、もう一度同じことをする勇気は出せないのだろう。困り顔で見返されて、晴匡は仕方なくキスを諦めた。

そのかわりと言ってはなんだが、男の姿が消えてから、そっと手に触れる。温もりに動揺したのか指はぎこちなく動いて、手の中でおとなしくなった。

指先に燻《くすぶ》っている熱に、昴の想いを感じる。

もっと感じたくて、逃げないのをいいことに晴臣はこっそりと指をいじり続けた。物足りなくなって指を絡めようとすると、恥ずかしそうに手を引かれる。

「手もダメ？」

「…人に見られたら困る」

言われて、ここが伊織の学区だったことを思い出した。近所にばれると、昴だけじゃなく伊織にまで迷惑がかかる。そういえば店も近い。店のことも、昴は気にしてくれたのかもしれない。

「せめて、もう少し一緒にいたいんだけど」

「でも俺帰らないと。用事にかこつけてここまで来ちゃって、伊織が今、一人なんだ。心配だから」

「だよな…」

こういう時、すぐに身動きが取れないのは辛い。離れたくなくて手をほどけずにいると、昴が顔を上げた。

「よかったら今度家《うち》来ない？　バイトじゃなくて。そっちの空いてる時でいいから」

「行く」

即答に、昴はまたたいた。

「明日。明日行く」

昴が微笑んで、待ってる、と伝えるようにきゅっと指の付け根を摘《つま》んでくる。晴匡はそっとそれを握り返した。

◆◆◆

昨日の出来事が、今でもよくわからない。

家で晴匡にキスされたのが、もう随分前のことに思える。

あの日、酔いと眠さで駄々を捏《こ》ねていた晴匡はかわいかった。最初は驚いたが、それ以上に嬉しかった。普段のしっかりした姿とは違う一面を見たことに、ちょっとした優越感を覚えたくらいに。

こんなにも自分に気を許してくれてるんだと思ったら愛《いと》おしくて、甘えてくる大型犬のような体を何度も撫でた。手離しがたくてつい構っていたら、顔がアップで近づいてきて——

次に目に飛び込んできたのは、青ざめた晴匡の顔。

その後のことは覚えていない。気がついたらベッドに座っていた。唇に残ったわずかな感触が、あれはキスだったと伝えてくる。それと同時に、目を見開いていた晴匡の姿を鮮明に蘇らせた。

彼にとってあれは、酔った末の勢い。過《あやま》ちだったのだろう。頭では状況を理解できても、心が追いつかない。

ひどいと思った。それがからかいでも、勢いでも。キスしておいてショックを受けられた。それを目の前で見せつけられた自分の方がショックだ。

なぜ自分が、こんな目に遭わなきゃいけないんだ。あんな顔するならしなきゃよかったのだ。顔を見て愕然《がくぜん》とするぐらいなら。こんなの笑い話にもならない。だけど悔しくて、悲しかった。

心がごちゃまぜになって息が苦しくなる。その一方で、こんなに自分が落ち着かない理由がわからなかった。たかが戯《たわむ》れ一つ、済んだことだと流してやれないのは、心が狭いだろうか。

彼が明日覚えているのかもわからない。覚えていないなら、気にしていてもどうしようもない。忘れていたとしても、自分から話を蒸し返したいとは思わない。かといって記憶からは消せない。感触までしっかりとこびりついてしまっている。

酔っぱらいの行動に振り回されるなんてバカげている。そう思いながらも納得できず、モヤモヤしたままベッドに転がる。布団の上で収まらない気持ちと戦いながら、どうしてキスだったんだろうと、ふと思った。

酔っていたからといって、普通、男にキスするだろうか。

もしかして、なにか理由があったのかもしれない。そう、例えば、あれはちょっとしたスキンシップのつもりだったとか。自分がツッコミ一つせず黙ってしまったから、失敗したと思って慌てた可能性はある。もしくは、ああ見えて実は本気だったのかも？

そんなことまでグルグルと考え続けて一晩中眠れず、翌朝、足元をふらつかせながら部屋を出た。混乱しながらも、どこかフワフワとしていた気持ちで目が晴匡を探す。そして朝日に不似合いなほど凹《へこ》んでいる、晴匡の申し訳なさそうな姿を見て——氷水を頭から浴びせられた気がした。

彼は本当に後悔していた。

腹の底から、自分に『キスをするつもりじゃなかった』のだ。好きでもない相手にキスをしてしまった。大失態だと思っているのが、ありありと感じ取れた。

あのキスに理由などあるはずがない。自分は最初から、なんとも思われてなかった。多分誰かと間違えたのだろう。謝罪は、それを伝えるだけのものだった。

詫びられるのが心底虚しくて、悪酔いを軽く責めた。彼が羽目《はめ》を外したのを悔やんでいる間、自分一人があのキスに理由を求めていた。そこまで意識していたことを、彼に知られたくなかった。あの時、晴臣が告白しようとしていたとは夢にも思わなかったのだ。

「わかりにくいんだよ…」

今更ながら、文句が出る。

「少しいいかな」と声をかけてきた晴臣は、死刑執行を待つ罪人のような顔をしていた。チラチラとこちらの様子を窺い続けた挙句、あんな『この世の終わり』同然の顔で近づかれたら、そんなにあのキスを——痛恨のミスを悔いていたのかとしか思わない。

六歳も上の男に、冗談以外でキスするのはありえないのだと、自分以上に落ち込んでいる姿に一瞬で思い知らされた。だから、全部忘れて蓋《ふた》をしようと決めたのだ。

なにもなかったことにすれば、元のように戻れる。それが一番いい方法だと思った。

だが、実際はそう上手くいかなかった。

自分の方が意識してしまい——気持ちに折り合いをつけられずにいる間に、晴臣の態度は変わった。声をかけても、よそよそしい態度が返ってくるだけ。それが悲しくて、何度も自分から近づいた。そのたびに拒否されて、とうとう顔見たさに店へ行って、嘘をつかれていたことを知った。

一人帰る道すがら、そこまで嫌がられていたことに気づかなかった自分に失笑した。滑稽だと思った。誘いたくて色々と言い訳を探していた自分も、仕事が手につかなくなっていたバカさ加減も。冷蔵庫のマグネットを後生大事にしていることさえ、物悲しかった。

会いたいのに、どうしてこうなったのか。一体自分はなにを間違えてしまったのか。眠れない日々を続けて、ようやく気づいた。

好きだから、本気でキスしてほしかったんだと。

しかし、相手は自分を意識もしていない年下の同性。自分の気持ちなど迷惑にしかならない上に、六歳も下では付き合うことが犯罪も同然。数年前まで高校生だった彼に特別な気持ちを抱くなんて、大人として許される行為じゃない。まして彼は、同性愛者でもない。気づいた時点で、その恋は行き止まりだった。

晴匡に彼女ができたことは、通っていて知った。店員に冷やかされている彼の姿に耐え切れず、家に逃げ帰る。よほどひどい顔をしていたのか、伊織に心配されて「なんでもない」と抱きしめて涙を隠す。泣くほど好きになっていたことを、その時に知った。

それからも、足は店へと向かう。諦めればいいものを、しつこく通い続ける。

自分が避けられているとわかっていても、止められなかった。晴匡の幸せを壊す気はない。告白はしない。一目でいい。一目見るだけ……。

そしていつものように店に向かって——晴匡に見つかり、告白された。

晴匡の隣にいたかわいい彼女を、今も思い出す。お似合いの二人を見たくなくて逃げ出した時の、絞られるような胸の痛みも。

ピンポンとチャイムが鳴って、昴はパソコンの前でビクッとした。まだ二時にもなってない。慌ててモニターを見ると、エントランスにいる晴匡が映っていた。

驚きつつ、エントランスを開錠する。玄関を開けると、嬉しそうな晴匡と目が合った。

「びっくりしたよ。大学は？」

「午後休があったから、ついでに一部サボり。なんか朝からウズウズして落ち着かなくてさ。後で挽回《ばんかい》するから。…俺、ちょっと早すぎた？」

「大丈夫だよ。どうぞ」

中へ招き入れると、晴匡はすんなりと家に上がった。それが嬉しくて、少々こそばゆい。

「昴はなにやってた？　仕事？」

「うん」

じゃあコーヒー持っていくよ、と言われて、昴は一足先に部屋に戻った。キリのいいところまで仕事を進めていると、晴匡が部屋に入ってくる。

「ごめんね。すぐ終える」

「いいよ、ゆっくりで」

そう言うと、晴匡は椅子の背に手を置いて、傍に立った。優しい眼差しで見つめられて、なんだかやりにくくなる。

これが、「今まで」と「恋人」の違いなんだろうか。無意識なのかワザとなのか、視線が湿った熱を帯びて指に絡みついてくる。

「…あんまり見ないでくれる？　恥ずかしいよ」

お願いすると、晴匡は笑って視線を外してくれた。ようやくホッと息をつけて、昴はデータを保存する。

パソコンの電源を切ってから振り向くと、顔が真横にあった。あまりの近さに固まっていると、指が髪に触れてくる。

「もういいの？」

甘く、低い声だった。

「うん…」

湿度のある声に、妙に恥ずかしくなる。

晴匡とこうして話せるのは久し振りで待ち望んでいたのに、いざ二人で会うと話しにくかった。

それでも、二人でいるのは嬉しい。晴匡に見つめられるのは気恥ずかしくて困るが、傍にいられるだけで心が浮き立つ。伊織の前で普通の顔すら作れなくなった時の苦しさを思うと、夢のようだ。

自分を見つめる目は、まっすぐで若い。恐れを知らない、強い瞳だ。若すぎて、本当は少し怖い。だけど自分が好きなのも、素直さが残っているこの目で…。

顔が近づいてきて、昴は反射で目を閉じた。口づけをされるかと思ったら、頬《ほお》に軽くキスをされる。

「っ」

耳にキスの音が響いて、昴は目を開けた。嬉しそうな晴匡と目が合って、またキスをされる。さっきは耳の傍だったのに、今度は唇の近く。

男同士にもかかわらず、違和感のないキス。この戸惑いは同性ゆえだろうか。気持ちいいのに、どことなく落ち着かない。

「あっ」

口元を綻ばせた顔が近づいてきて、体がつい晴匡を押し返してしまった。晴匡が申し訳なさそうな顔をする。

「ごめん、嫌だった？」

「そんなことない」

「でも引いてる」

「だって、君が急に男の顔するから…っ」

「へ？」

「普段の君なら見慣れてるのに、なんでそんな顔するんだよ。家に来た時は普通だったのに、男同士なのに、そうやって、いかにも『恋人です』みたいに甘い感じ出してきて、そんな風にされたら俺…っ」

真面目に言ったのに、不思議そうな顔をされた。

「それ、俺のせい？」

「君以外誰のせいだと…っ」

「まぁ、そうか…」

少し目線を上に向けてから、妙に納得される。

「そっかそっか」

「…なんで笑ってるの？」

「嬉しくて」

理由はわからないが、晴臣の顔はにやけている。どう反応していいか摑めずに満足げな顔を眺めていると、ふと何かを思いついたようにこっちを見られた。

「まぁいいや。それよりさ、実は一つお願いがあるんだけど」

顔が近づきすぎて、思わずずり下がる。が、椅子の背もたれで大分阻まれた。

「な、なに？」

「名前、呼んで」

囁かれた低音に、かあっと体が反応する。なにを言われたのか理解できたのは、一拍置いた後だった。

「名前？」

「気づいてた？　俺、まだ呼ばれたことないんだよ。だからさ…ほら、恋人にもなったんだし、記念に」

記念——面白い考え方だ。

「俺の名前わかってる？」

「大丈夫、知ってる」

忘れたことはない。そう言うと、晴臣はにっこりと笑みを零した。

「じゃあお願いします」

「はい…」

ぺこりと頭を下げられて、やるしかなくなる。

これを言い出した気持ちはわからなくはなかった。自分も晴臣から名前を呼ばれるのは嬉しいからだ。「君」付け。「さん」付け。呼び捨て。どう呼べばいいか分からず、今までは適当にごまかしていた。だが、今は恋人。呼ばれたいに決まっている。

よし、と覚悟を決めて顔を上げた昴は、真正面で待ち構える晴臣に喉を詰まらせた。目の前を陣取る、いたたまれないほど熱い、期待に満ちた眼差し——。

「やりにくい…っ」

たまらず顔を背けると、晴臣もさすがに申し訳ないと思ったのか、多少体を離した。

「ごめん。俺、さりげなくしてるから」

「余計やりにくいよっ。意識こっち向いてるの駄々洩れだし」

「気になっちゃって」

「わかるけど…」

待たれている方の身にもなってほしい。これですんなり言える人がいたら、なかなかの強心臓だ。

しかし、ここで止めては男がすたる。昴は深呼吸した。気持ちを整えてから、改めて晴匡に向き直る。

「行きます」

「はい」

頷かれて、昴は息を大きく吸った。

「ハ……ハル君」

言うと、かあっと体が熱くなる。なのに、晴匡はキョトンとした。

「え…そっち?」

テンションが低い。その反応に、体の熱が一気に落ち着く。

「だってこれでしょ? 違うの?」

「違わなくないけど、俺的にはもっとこう…」

不満らしい。手がなにかを求めるように動いている。

「ハールハルハルハルハル」

「ちょっ！」

照れ隠しに犬のように呼ぶと、晴匡が慌てた。けれど意外とアリだと思ったのか、少ししてから顔を近づけてくる。

「今の、もっかい言って」

「バカだ…」

「いいだろ。もう一回」

ねだってくる姿がかわいくて、昴は微笑んだ。大型犬の毛並みを整えるように髪を撫でてやると、顔を近づけて、声をかける。

「ハル」

言い終わると同時にキスをされた。晴匡はこそばゆそうな顔をして、何度も口づけをしてくる。

「もっと言って」

唇に落ちてくる優しい感触にうっとりしながら、昴は笑った。

「やだ」

「なんで」

恥ずかしいからだ。

聞きたい、と甘えた声を出しながら、晴匡は慣れた仕種で抱きしめてくる。自分を愛そうとする男の腕が気恥ずかしくて逃げたくなったが、その前に捕えられた。

「ダメだよ、逃げちゃ」

囁いて、首筋を撫で上げられる。

「逃げないで」

頷いて、昴は自分から晴匡の腕に触れた。晴匡の指が唇に触れてくる。紅を塗るように下唇を撫でると、晴匡は身を屈めて深いキスを求めてきた。

湿った息が唇にかかる。口の中で柔らかいものが重なって、体が勝手にビクッとなった。

体を触る指に性的なものを感じて、背筋が粟立《あわだ》つ。

「怖い？　大丈夫だよ、ゆっくりするから」

「ん…っ」

同性に求められているというのはこんな感じなのか。節のある男の手に慣れなくて、体が戸惑う。触られている場所に意識が集中しているせいで、異様に彼の指を感じた。

「あっ」

肌を撫でられるだけで、恥ずかしいくらい感じる。触られるだけで足が浮き立つような気持ちよさが胸に広がって、自分に動揺した。

晴匡は服の上からつうっと胸に指を滑らせてくる。ゾクリとしたが、懸命に耐えた。その指は胸の上で何度か円を描き、右側へと移動する。描かれる円は徐々に小さくなり、ゆっくりと胸の突起の周りを回り始め、ぷくりと膨らんだものの上で止まる。服の上から軽く摘まれて、体がヒクッとした。

「ここ、感じる？」

「…っ」

感じる。なぜこんなところが反応するんだろう。摘まれるたび背筋に電気が走って、変な刺激に腰が浮く。自分はどうかしてしまったのかもしれない。晴匡の手で好きにされるのが、怖くて、嬉しい。

「ねぇ、どう？　ここ好き？　嫌い？」

こっちの心境を知ってか知らずか、晴匡は辱めるような言葉を無邪気に口にする。しつこく聞かれて、昴は恥ずかしさで地面に潜りたくなった。

「聞こえないフリはダメだよ？」

だんまりで通そうとしても、笑顔で追い討ちをかけられる。言うまで聞かれそうで、昴は疼きに耐えながら声を零した。

「好き…」

かわいい、と言われた気がした。

溶けそうなソフトクリームを掬《すく》い取るように、何度も唇を食べられる。椅子に手を置かれて、逃げ道を塞がれながら、昴は口づけを重ねた。口中を探られながら、シャツの裾《すそ》を捲《まく》られる。それすら、待ち望んでいる自分がいた。

男同士という未知の世界に不安がないわけじゃないのに、早く触られたくてたまらなくなる。

「昴、立って」

ふいに腕を引かれた。椅子から引き上げられて、すぐにまた座らされる。後ろから腰を摑まれて、自分が背中から抱かれるようにして座っていることに気づいた。

「この方がやりやすいだろ？」

耳朶《じだ》に息がかかって、背筋が痺《しび》れる。シャツの中に腕が入り込んできた。ボタンを何個か外され、体をまさぐられる。後ろを向こうとしたら、胸の突起を強く摘まれた。

「い…っ」

「心配しないで。嫌なことはしないよ」

優しく首筋を食《は》みながらも、指先で乳首を転がしてはボタンのように軽く押される。うなじを深く吸われつつ胸を強く摘まれて、初めての感覚に昴は息を呑んだ。

「硬くなってきたね。…気持ちいい？」

触られるたびに感覚が鋭敏になっていく。指先で片方の胸をいじりながら、晴臣はズボン

に手をかけた。

「待っ…」

ゾクッと背筋に言いようのない感覚が走る。ジッパーを下ろされ、下着の上から膨らんだものに触れられた。とたんに、自分と抱き合っている相手がまだ大学生の同性だということが強烈に蘇った。背徳感と恐怖がぶわっと出て、逃げたくなる。

なのにそれ以上に、もっとしてほしいと願ってしまう。尻に当たっている硬い感触に、心がときめく。

「答えて、昴。気持ちいい？」

苦しみながら、昴は小刻みに頷いた。

六歳も下の男に弄《もてあそ》ばれているのが、恥ずかしくて気持ちいい。

だが、このまま抱かれるのかと思ったら、急に目の前にあるものが気にかかった。ノートパソコン、仕事の資料。見慣れた棚…。時間を共にしてきた物全てに、見つめられている気がする。

「ここじゃ嫌だ…っ」

「じゃあ寝室行く？」

下着をじわりと下ろされて、昴はわなないた。晴匡に掌《てのひら》で撫でられるだけで、体を煽《あお》られる。指で自分のものを軽く弾かれて、気持ちよさに頭がクラクラした。

「昴、敏感なんだな。かわいい…」

首筋にキスされて、ひくっと喉が鳴る。

「ここでしていい？」

羞恥《しゅうち》に悶《もだ》えても、触る手は止まらない。硬いものが腿《もも》に当たってきて、いやが上にも体は高まる。

その手で触られたい。もっと奥まで暴かれたい。もう体も心も、晴臣のなすがままだ。

横座りになりそうなほど体を反らして、奪うようなキスも受け取る。こちらの気持ちがバレているのか、期待に応えるように晴臣のキスも激しくなった。崩れた体勢を立て直すためなのか、さっきより強く抱きしめられて、濡れた唇と湿った息で呼吸を塞がれる。

「んん…っ」

年下なのに、晴臣は悔しいくらい上手い。

翻弄されているのを恥ずかしく感じながらも、淫《みだ》らにさせられているのがたまらなく心地いい。六歳も下の男に卑猥《ひわい》なことをされているのだと思うと、余計に心が昂った。

焦《じ》らされると泣きたくなる。だから情けないが、触ってと自分からおねだりした。いたぶられてもいいから、触られたい。

そう求めると、ご褒美だと言わんばかりに先端を爪《つめ》で擦られた。ライターをつけるのと似た仕種で先端を弄《いじ》られて、たまらず体を捩《よじ》る。その動きで手の中で自分のものがずるっと擦れた。

「あ…っ」

「ただいまー」

ガチャッと扉の音がして、昴はその場から転げ落ちそうになった。二人一緒に倒れかけて、ガタガタッと椅子が暴れる。

床に落ちてしまったのを起こしてくれて、先に部屋を出たのは服の乱れが少ない晴匡だった。扉を閉める前に、時間稼ぐから、とばかりに目配せされる。伊織との会話を部屋で聞きながら、どうにか自分を落ち着かせて服を整えると、昴も部屋を出た。

「お、おかえりっ」

晴匡の隣に並ぶと、伊織はなぜか姿を見るなり、晴匡の方へ訝《いぶか》しげな目を向けた。無言になったと思ったら、なにを思ったのか、今度はこっちの顔をじいっと見てくる。

「な、なに？」

「昴。顔赤い」

「そ、そうかな…」

鏡を見ておけばよかった。顔どころか体が全部熱いので、どんな顔になっているのかわからない。

「どうしたの、首も。虫に刺されてるよ」

鏡のように向き合った状態で、指で伊織が首を示す。昴は慌てて指摘された部分を服で隠した。

「あーどうりでっ。痒《かゆ》いと思ってたんだ。薬塗らないとっ」

動揺したあまりの見事な棒読みに、晴匡が笑いをこらえている。誰のせいだ、と見返すと、伊織は妙に納得したような顔をした。

「二人共、仲直りしたんだね」

「あ、うん。心配かけてごめんね、伊織」

「いいけど」

ちょっと不満げに返される。なぜそんな顔なんだろうと思いつつ、拗《す》ねた様子に、場の空気を変えようと昴は明るく言った。

「そうだ、伊織。今度一緒にお出かけしない？　遊園地とかどう？」

伊織が顔を上げる。目が少し輝いていた。

「遊園地？」

「そう。こないだ動物園に行けなかったから、そのかわり。行こうよ。それと、もし都合がつくなら君も一緒に」

晴匡にも声をかける。「三人でもいいかな？」と聞くと、伊織はじっと晴匡を見上げてから「いいよ」と頷いた。

◆◆◆

「楽しかったねー。また行こうね」

「うんっ。僕、次は水族館がいいっ」

玄関の鍵を開けながら、昴と伊織は弾んだ声で楽しそうに話している。扉を開けると、伊織は「わーい」と真っ先に家に飛び込んだ。先に入るよう昴に手で促されて、晴匡も入る。

今日は一日を目一杯使って三人で休日を堪能した。マンションの窓の外は、電車で見た綺麗な夕焼けが消えて、青と紫のインクを混ぜたような深い夕闇に変わっている。

日中は天気がよく、昼間は暑いくらいだった。土曜日だったので、遊園地は家族連れやカップルで賑わっていた。その中に混ざった自分達は、周りからはどう見えていただろう。年の離れた兄弟？　家族のように見えていたのならいいな、となんとなく思う。

「お茶淹《い》れるよ。飲んでくよね？」

荷物をリビングに置いて、昴が振り返った。

「じゃあ俺が淹れるよ」

「いいよ、休んでて。いつもしてもらってるからね。たまには俺が…」

携帯が鳴って、昴がズボンのポケットを探った。その隙に晴匡はキッチンへ向かう。

「はい、あぁ、兄貴。ちょうどよかった、連絡しようと思ってたんだ。今日、伊織と一緒に遊園地に行ってきてね、その写真を…電話替わろうか？　なんかそっち騒がしいね。どこにいんの？　んー？　え、なに、聞こえない」

電話が遠いのか、昴は片耳を塞いで携帯で話している。ベランダに向かう昴の後ろで、ピンポンとインターホンのチャイムが鳴った。

「僕、出るっ」

バタバタと伊織が部屋を走る。伊織が受話ボタンを押すと、遠くで「えっ」と昴の小さな声が聞こえた。

「お母さん⁉」

振り向くと、画面の前で叫んだ伊織を見ながら、昴が固まっていた。


モニターに映った女性は、少しして家にやってきた。

女性にしては背が高い。パンプスを履いていると、昴より上になるくらいだ。三〇代後半ぐらいだろうか。スタイルがよく、背筋もピンと伸びて若々しく見える。派手な化粧をしていないにもかかわらず、タイトスカート姿は華やかで、肩を覆う綺麗に手入れされた髪は、どことなく品のよさを感じさせた。

「お久しぶりです、昴さん」

挨拶されて、昴が携帯片手に小さく頭を下げる。

言葉も出ない昴から目を逸らし、彼女は伊織の方を見た。傍まで近づいた伊織に、嬉しそうに顔を綻ばせる。

「ホントにお母さんだ。どうしたの？」

「大きくなったのね、伊織。また背が伸びてる。しょっちゅう録画見てるから知ってたつもりになってたけど、やっぱり違うのね。映像よりもハンサムで、かっこいいわ」

「うん」

義姉がそろりと手を伸ばし、両手で伊織を抱きしめる。昴は慌てたように携帯でなにかを話していた。しばらくして電話を終える。電話は向こうから強引に切られたようで、若干困惑しているようだった。

「お久しぶりです。あの…義姉《ねえ》さん、仕事は？」

「休暇を取ってきたの」

「休暇？　この時期に休暇って…」

「急でごめんなさいね。実は奎吾《けいご》もこの後ここに来ることになってるの」

「兄貴が？」

「その前に二人で話しておきたいんだけど、いいかしら?」

昴はとっさに伊織に目をやる。

「大丈夫だよ。料理作って待ってるから」

昴は小さく頷いた。

「じゃあ義姉さん。外に行きましょうか」

「昴!」

二人で出かけるのを見て、伊織が追いかける。晴匡は伊織の傍に行くと、飛び出すのを押さえるように肩を抱いた。

「心配いらないって。キッチン立ってたらあっという間だから。俺と一緒にやろう」

「すぐ戻るよ」

手を振って出て行く昴を、二人で見送る。伊織は二人が出て行ってからも、ずっと玄関を見つめていた。


その後、二人は一時間程で戻ってきた。

話がいいことではなかったのか、昴は複雑そうな顔をしていた。辛そうに見えるが、心配する伊織に頑張って笑顔を見せているから、声をかけられない。ここで「大丈夫か」と言ってしまったら、昴の努力を台無しにしてしまいそうな気がした。

夜になって、福岡から昴の兄も到着する。落ち着いて、しっかりとした三十代半ばのキャリア風の男性だ。スーツを着た姿は自分と変わらないほどの長身で、端整な顔つきはともかく、体格は昴とあまり似ていなかった。

「初めまして。ここでバイトさせてもらっている高野《たかの》です」

「ええ、昴から聞いてます。息子《むすこ》共々お世話になってます」

丁寧に頭を下げられる。真摯《しんし》な態度に、晴臣は好感を持たれていると感じた。それでも、自分がここにいることには違和感があったのだろう。不思議そうな顔をされる。

無理もない。母親が戻ってきた時点で帰ろうとしたのだが、とりあえず夕食を終えるまで傍にいてと伊織に引き留められたのだ。昴達と伊織の母親に給仕の真似事《まねごと》をした後も押し切られ、ズルズルといてしまった。

しかし、これ以上はいられない。ここは家族の場だ。

晴臣は後片づけを済ませると、軽く昴に耳打ちした。

「俺、そろそろ帰るよ」

昴が小さく頷く。簡単に挨拶して出て行こうとすると、伊織が服の裾を摑んできた。それを見て「伊織…」と昴が零す。

「いいよ、いれば」

そうもいかないのは見ればわかる。

「伊織。夜も遅いし、次来た時に…」

「いればいいじゃんっ」

叫ばれて、晴臣は黙った。伊織の手が震えているのに気づいて、昴と顔を見合わせる。

「伊織と一緒にいてあげてくれるかな」

「けど…」

「少しの間でいいんだ。一人じゃ退屈だと思うから」

お願いされて、晴臣は了承した。


伊織と二人で部屋に行く。部屋に入ってから、伊織は無言だった。「話があるから部屋で待ってて?」と昴に言われたのがよほど効いたようだ。

「まぁ、普通こうなるよな」

納得いかないらしい。睨《にら》まれる。

「お前には聞かせられないんだよ。大人の話だし」

伊織はちょっと目を丸くした。それから怪訝そうに顔を見上げてくる。

「…大人じゃなかったの？」

「俺は部外者だから」

その言葉に、伊織がまた膨れた。むっつりと押し黙る。

「大人だけで話したいことがあるんだろ。じき一緒に話せるよ」

仲間外れにされたのが悔しいだけかと思ったのだが、伊織の膨れた頰は変わらない。晴臣は冗談めかして、頰をツンツンと指でつついた。

「なんだよ。なんでそんなにテンション低いんだ？　やっとパパとママに会えたんだ。俺に遠慮せずもっと甘えていいんだぞ？　泣いて抱きつくとかさ。そういうの、したい年頃だろ？それともあれか、お前照れて」

「僕、覚えてるよ」

伊織がポツリと言った。

「お母さんは僕に大好きだと言ってても、僕を置いて遠くに行った。いつも優しくしてくれたし、プレゼントもたくさん送ってくれたけど、一度もおゆうぎ会には来てくれなかった」

「伊織…」

「お母さんは好きだよ。そばにいない理由だってわかってる。仕事も頑張ってほしいと思ってるよ。でもお母さんが来る時は、なにかある時なんだ。そうじゃなきゃ、来ない…っ」

ぎゅっと小さな手が握りしめられる。孤独を握り潰した手に思わず手を差し伸べると、伊織が振り向いた。

「ねぇ、昴はどうなるの？」

まっすぐな目に、晴臣は答えられなかった。

「僕、いい子でやってるよ。なのに、なんでこうなるの？　昴があんな目にあってるのは僕のせいなの？　僕そんなに悪いことした?!」

「違…っ」

「お願い、昴を助けて…！」

服を摑まれ、懇願される。

蹲《うずくま》って泣く伊織を、晴臣は見つめることしかできなかった。


どれだけ時間が経っただろう。コンコンとノックがして、扉が開いた。昴が顔を出す。静かにするよう口元に指を当てると、昴はそうっと扉を閉めて、足音を立てずに近づいてきた。

「伊織、寝たの？」

「ああ」

二人して、膝の上で眠る伊織の顔を見つめる。涙の痕は既に乾いていた。このままじゃ寒いからと、体には自分の上着をかけてある。

「伊織はいい子だな」

寝顔をじっと覗き込んでいた昴が顔を上げた。

「自分のことより人のことを考えるんだ。こんなに小さいのに…」

「うん…」

自分が子供で、力がないことを伊織はわかっている。だからライバルだと思っているくせに、自分を限界まで引き留めたのだ。昴を助けてほしい一心で。

「お兄さん達は?」

「帰ったよ。近くにマンションがあるから。週末かけて二人で話すみたい」

「そっか」

会話が止まり、互いに無言になる。晴臣は伊織の髪を撫でた。泣いている間も、ずっとこうしていた。そのうち伊織は眠ってしまったのだ。

「なんの話か、俺が聞いても平気?」

昴は目で頷いた。

「食事の時と同じだよ。伊織を連れて行きたいって」

「……」

晴臣は夕食の時を思い出した。昴達が食卓を囲んでいる時、母親は伊織に「アメリカに住みたいとは思わない？」と言っていた。それを聞いて、固まっていた伊織を思い出す。

「お母さんと一緒に暮らせるとしたらどうする？」と聞く母親に、伊織はどう答えるか困っていたようだった。

「今までお兄さんに任せてたんだろ？　随分急なんだな」

「そうでもないんだよ」

昴は薄く微笑んだ。

「義姉さんは仕事を取る時も悩んでた。ただ仕事がないと生きていけない人だったのも事実で…伊織を産む時も相当悩んでたよ。女性って育児を真剣にやろうとすると、キャリアが途切れるんだって。勿論両立できる人はいると思うけど、義姉さんの場合は難しくて。夢が断たれてしまうのと、年齢的なこともあって子供が欲しいのとで揺れてたんだろうね。それを産んでほしいって粘ったのも、仕事に戻るのに賛成したのも兄貴なんだ」

そういう事情だとは思わなくて、少々驚いた。

「そのために全面的にバックアップして、うちの実家ともちょっとケンカになって。ワシントンへの赴任の背中を押したのも兄貴。自分と結婚して伊織を産んでくれて、いくら感謝しても足らないっていつも言ってる。義姉さんは少しも悪くないいんだ」

「でも」

「義姉さんね、伊織と暮らしたくてずっと環境整えてたんだって。向こうに行ってから自分のことで精一杯だったけど、ようやく仕事も落ち着いてきたって言ってた。シッターの手配も目途《めど》がついて。そんな時、兄貴の異動と、俺が伊織を預かってるのを知ったんだよ」

昴はふっと笑った。

「俺の方がビックリしたよ。兄貴、義姉さんに言ってなかったんだって。赴任の期間短いし、言って煩わせたくないからって。こんな大事なこと黙ってたなんて、そりゃ義姉さん驚くよ！無理ないってっ」

「昴…」

目の前で、ふうと息をつく。

「まぁ、気持ちはわかるんだけどね。自分のことだけでも大変な時に、不安の種を蒔《ま》くような真似したくなかったんだろうなってことは。ただでさえ、義姉さんは弱音封じ込めて頑張るタイプだし…。伝えたことで気に病ませたり、無理させる羽目になったらって考えて、一人で解決しようとしたんだ。それはある意味、思いやりのある行動なんだろうけど…」

「逆効果になっちゃったな」と昴は疲れたように笑った。

「兄貴とは何度電話で話しても埒《らち》あかなかったって言ってた。だから俺のところに直接来たんだ。兄貴がそれを止めてたのも、余計に不信感煽ってダメだったんだと思うよ。迷惑になるから止《よ》せって言ったんだってさ。俺なら構わなかったのに…」

それで乗り込んだ妻を追いかけて夫が飛んできたのか。全貌《ぜんぼう》がわかって、納得すると同時に、互いの気持ちのずれになんとも言えない気持ちになる。

晴臣は、母親と会った時の、伊織の微妙な距離感を思い出した。久々の再会に、伊織は駆け寄らなかった。彼女の手は、大切なあまり、触れるのをためらったようにも見えて……。

想い合っているのはわかるが、なんというか…あの家族は複雑だ。

「義姉さん怒ってたよ。兄貴に『私を優先しすぎる』って。前からそう思ってたみたい。だから俺を巻き込んでるって知って、溜まった休暇をまとめて取って、日本まで飛んできたんだ。自分のキャリアを優先したことで、兄貴のキャリアが損なわれることも気にしてたんだと思う。伊織を受け入れる手筈《てはず》はできてるって。俺なんて何度も謝られちゃったよ。大したことしてないのにね」

笑ってから、愛しさと憂《うれ》いが混ざったような目で伊織を見つめる。

「別に頼まれたからしてたわけじゃないいんだ」

昴はポツリと言った。

「確かに頼まれてたけど、無理してたわけじゃない。俺、伊織のことかわいくて仕方ないんだよね。それって今思えば、自分があんまり親と上手くいかなかったから、無理して頑張る伊織を過去の自分と重ねてただけかもしれないんだけど。伊織には辛い思いをさせたくなくて……」

優しい目で寝顔を眺めて、昴は溜め息を零す。

「母親だもんなぁ。一緒にいた方がいいよね。やっと親子で暮らせるんだし…」

「そんなのわかんないだろ」

昴の視線がこちらを向いた。

「伊織が決めることだ。子供でも、本人の気持ちが一番大事なはずだ」

昂った感情をこらえたせいで、怖い顔をしていたのかもしれない。目が合って、昴は困ったように微笑む。

「そうだね」

その声は少しさみしげに聞こえる。かける言葉が見つからなくて顔を見ていた晴臣は、ふと違和感を覚えた。

「ちょっと待て。今連れて行きたいって言ったよな」

「うん」

「それ、一緒に帰りたいってことか？」

昴が頷く。

それは、いくらなんでも急すぎる。

「いつ」

昴は顔を上げると、抑揚のない声で言った。

「十日後」

その日、伊織を布団に寝かせた後「今日泊まってかない？」と誘われた。晴匡はそれに乗り、ソファーで眠らせてもらうことにした。軽い口調だったが、昴が落ち込んでいるのは見て取れたから、放っておけなかった。

けれど、不必要には触れない。弱っている時に付け込むような真似はしたくなかった。

翌朝、伊織は自分がいることに目を丸くした。遅い朝食の後、伊織の両親がやってきて伊織と話す。話を聞いている間、伊織の表情は消えていた。

その間自分は、挨拶もそこそこに大量の作り置きのため、ずっとキッチンにいた。なにも聞こえてないフリをして、料理の仕込みをひたすら続ける。気にしないようにしていても、目はチラチラとあちらを気にしてしまう。

妙に長く感じる彼らの話が終わって、全員が一息ついたのは一時間ほど経ってからだった。昴はジュースを持って、伊織の傍に行く。

「話わかった？」

伊織はしばらく固まってから、頷く。

「兄貴は今日福岡に戻らなきゃいけない。義姉さんも仕事があるから、一週間ちょっとでアメリカに戻る。時間が短くて悪いけど、それまでに伊織の気持ちを決めてもらいたい。…できる？」

伊織は困ったような顔をした。眉間《みけん》に皺《しわ》が寄っている。

「ごめんね、伊織。こんな形で決断を迫ることになって。本当はもっと時間をあげられたらよかったんだけど」

「僕はどうした方がいい？」

か細く思える声に、昴が微笑んだ。

「それは伊織が好きに決めていいんだよ」

「昴はどうしてほしい？」

昴は一瞬答えに詰まって、苦笑した。そっと伊織の手の甲を指で包む。

「俺は、伊織がしたいことをしてほしい。伊織には無理をしてほしくない」

伊織は黙り込んだ。視線をさ迷わせてから、改めて昴を見つめる。

「本当に僕が決めていいの？」

「うん」

二人の声に元気がない気がして、思わず手が止まる。すると、伊織がなぜかこっちを見ていた。目が合って戸惑っている間に、視線はするりと逸れる。

「僕、考える」

「ありがとう」

昴がぎゅっと伊織の手を握る。伊織はその手を見つめてから、両親を見上げた。


伊織はその後、両親と共に出て行った。家族水入らずで過ごしてから、母親と一緒に、飛行機で帰る父親を見送って戻ってくる。その後は元いたマンションに母親と泊まるのか、こちらに戻るのか、ハッキリしない。後で連絡が来る予定だ。

「料理もできたし、俺も帰るから」

「うん…」

力なく頷く昴に、晴臣は近づいた。顔を覗き込む。

「大丈夫か?」

声をかけると、昴は「勿論」とパッと笑顔を作った。

「俺もぼうっとしてる暇ないんだよね。仕事あるし」

「そうか」

「次来てもらうの、予定通りでいいかな」

声が明るい。晴匡は「ああ」と答えた。

「次は手巻き寿司《ずし》がいいな。鍋でもいいけど。賑やかにみんなで食べられるのがいい」

無理が見える明るさに、晴匡は黙る。

「そうだ、たまには普段食べられないものも食べてみたいんだよね。スッポン料理とかフグとか舟盛りとか。懐石もいいな。一度豪華に作ってみない？　懐石作れる？」

「やったことない」

「なんだ、できそうなのに。試しにやってみてよ。失敗しても文句言わずに食べるから」

「昴」

「そうだ、デザートとかも作ってもらいたいな。俺結構スイーツ好きなんだよね。大きなホールケーキも意外とペロッと食べれるし」

昴はどんどん早口になっていく。晴匡は優しく、もう一度「昴」と呼んだ。

「無理するなよ」

その一言で、昴が止まった。いつのまにか、目が水の膜を張ったように艶《つや》やかになっている。黒くて透明な煙水晶のような目で、昴はぎこちなく見返してきた。

「…してない」

「そっか…」

この期《ご》に及んで出た、弱々しい強がりに苦笑する。

嘘つきになりたいなら、もっと表情を隠さないとダメだ。昴は一生嘘がつけそうにないな、と思う。伊織もあの時、気づいたはずだ。どうしてほしいと聞いて、言い淀んだ昴の本心に。

「俺、もう少しいようか?」

昴は答えなかった。長い沈黙の後、小さく頷かれる。昴の指先が自分に届く前に、晴臣は昴を両手で引き寄せ、抱きしめた。

「ごめん。俺、年上なのに…」

涙をこらえて、昴が俯く。こんな時までそれ気にするんだ…とちょっと驚きながらも、愛情深い恋人を、晴臣はこれ以上なく愛しく思っていた。


それからは毎日昴に電話をした。気になって仕方がなかったからだ。兄夫婦の話し合いは続いているらしい。家族の問題だからと、口を挟めない昴は辛そうだった。自分が傍にいない間、泣いているんじゃないかと心配になったほどだ。

「アメリカに行くことにした」

伊織がそう言ったのは、昴の家に行った日だった。手巻き寿司を片手に、伊織はあっさりと重大なことを口にした。

コンと音がして箸がテーブルから落ちる。

「あ…っ」

落としたことに気づいて、昴が座ったまま拾った。箸をテーブルに置いたものの、かわりの箸を取りに行く気力は出なかったようだ。半ばぼうっとした顔で、目の前に座る小さな姿を見つめる。

「決めたんだ…?」

「うん」

伊織の答えは端的だった。表情をなくしている昴に、伊織は微笑む。

「そう。伊織が考えて決めたことなら…」

「ホントは昴と一緒にいたいよ? だから僕、お父さんについていくかここに残るかって聞かれた時、ここにいるって決めたんだ。昴の傍にいたかったから」

「じゃあ…!」

「けどね、お母さんを助けたい気持ちも本当なんだ。お父さんには昴がいる。おじいちゃんもおばあちゃんもいる。でも、お母さんのそばには誰もいないよ」

「伊織…」

「僕、料理もできるようになったし、少しは役に立てると思う。それに英語頑張った方が、後でいいって言うし」

「役に立つ立たないじゃなくて自分の気持ちは?!」

テーブルがバンと音を立てる。

「そこだけ大事にしなよ！　伊織は大事にするとこ間違ってるよ！」

突然の大声に驚いたのは、隣で聞いていた自分だけだった。伊織は嬉しさと悲しみを混ぜたような顔で、掌をテーブルに叩きつけた昴を見つめている。

「僕、昴が好きだよ」

昴の目が辛そうに細められた。

「離れたくない。ずっと一緒にいたい」

「ならいろよ！」

「行く」

キッパリとした言葉に、昴が黙った。辛そうに視線を落とす。

「決めたって言ったでしょ？」

昴は唇を噛みしめる。

「わかってるよ…。伊織が決めたならそれが正しいんだ。俺にはなにも言えない…」

「聞いて、昴」

子供なのに、しっかりした声だった。

「そのかわり、一年で帰ってくる。向こうに居続けるか戻ってくるかわからないけど、必ず一度は帰ってくるよ」

昴が顔を上げる。

「だって一年も昴の顔を見れないのは耐えられないと思うし。後のことは、その時考えるつもり」

その言葉に、昴の口元がわずかに緩んだ。

「それが…考え抜いた答えなんだね」

その顔はさみしそうにも見える。

「きっと大変だよ？　最初は特に…」

「わかってる」

「一緒にしたいこと沢山あったのに。まだしてないこといっぱいあるんだよ？　夏休みの宿題も、プールもスイカの早食いも雪合戦も」

「そこまで雪降んないって」

「お年玉もあげたいよ…」

「それは今もらってあげてもいいよ？」

にゅっと手を出されて、昴はやっと笑った。泣きそうな顔で目元を拭う。

「待ってて。後であげる…」

「いらない、冗談だから」

キッパリ言うと、伊織はいきなりこっちを見た。

「そういうわけで僕は行くけど、昴を諦めたわけじゃないし、あげるつもりもないから。そのところは勘違いしないでくれる？」

話を振られて、晴臣はまたたく。

「いい？　あくまで期間限定で僕のかわりを任せるだけ。昴を守る人は必要だもんね」

「え…？」

この状況に対応できないのは昴一人のようだった。

「許してあげるのは今だけなんだからね。わかった？」

自分はわかったが、昴はわからなかったらしい。顔に「なに言ってるんだ？」と書いてある。

「えと、ごめん。伊織。なんの話してる？」

「昴が幸せになる話、だよ」

「えっ？」

ますます困惑する昴を残して、伊織は立ち上がった。

「でね、僕これからお母さんのところに行くから。今日は向こうのマンションに泊まる」

「ちょっ、伊織…！」

「いいのか？」

晴臣が声をかけると、伊織は若干嫌そうにこっちを見た。

「いいよ。ゆずるだけだし」

「二人してなんの話…！」

「昴」

昴の隣に立つと、伊織は振り向いた昴にちゅっと口づけした。不意打ちで唇を奪われて、昴がプチパニックになる。

「い、伊織っ」

「くやしいなぁ。せめてあと十年早く生まれてたら、もう少し上手く戦えたのに」

そう言うと、伊織は大人びた仕種で、目を白黒させている昴の髪を撫でた。

「でも必ず取り返すから、待っててね」

「待つって…」

それには答えず、伊織はこちらを向いた。

「言っとくけど、昴が好きになっちゃってるから大目に見てあげるんだからね。泣かしたら承知しないよ」

「わかってる」

即答すると、伊織は一瞬ホッと顔を緩めた。

「じゃあ僕、お母さんのとこ行ってくる」

「送るよ！」

昴が慌てて用意するのを、伊織はさらっと手で止める。

「いいよ。連絡して迎えに来てもらうから。それより、僕が日本にいるうちに幸せになって？　じゃないと安心して行けないんだ」

「任せろ」

「任せるってなにを…！　待って、伊織っ」

昴が追いかけたが、ショックで混乱していたのか、伊織の方が一足早かった。パタンと玄関が閉じられる。玄関まで見送りにきた晴匡の前で、昴は放心していた。

「ホントいい子だな」

「いい子とかって問題じゃ…！　なに考えてんだよ二人してっ」

「精一杯の強がりなんだろ。許してやれよ」

「でもっ」

「あいつも冗談で言ってるわけじゃないと思う。証拠が見たいんだよ。置いていっても大丈夫って思えるくらいのが」

「だからって…！」

「それくらい幸せそうに笑ってもらいたかったんだろ。そういう顔で見送ってほしいと思ったんだ」

「……」

このタイミングで、二人きりの時間をプレゼントしたのもそのためだろう。もし自分が離れた後で事が進展して、昴が泣くことになったら助けられないから。

なんというしたたかさだ。ライバルながらあっぱれに思う。泣かせるなという命令なのだ、これは。

その真意に辿《たど》り着けないらしく、昴はまだ複雑そうな顔をしている。

「俺はああ言ってもらえて嬉しかったけどな。昴は嬉しくなかった？」

「そんなこと…ない」

「よかった」

肩を抱き寄せる。服の上から腕をさすると、昴が居心地悪そうにもぞりと動いた。

「なんで今そういうこと…」

「チャンスだから。この機会を逃したくないと思うくらいには我慢してきたし」

触られるのは拒まないものの、昴は困ったように顔を見つめてくる。嫌がっている気配に、晴臣はできる限り優しく微笑んだ。

「俺、結構本気なんだけど、昴は怖い？　先に進みたくないって言うなら、考慮するよ。絶対無理強いはしない。いつまで耐えられるかは自信ないが…」

「無理はしなくていいよ」

ボソリと言われる。思わず顔を見ると、恥ずかしそうに俯かれた。

「君を好きだって認めた時から、覚悟はしてる。俺、したい人じゃないと付き合えないし…」

言いながら、昴の肌が紅く色づいていく。

首まで赤くなる昴の顎《あご》を指で掬って、晴臣は顔を上げさせた。昴が反射的に目を瞑《つぶ》る。体のこわばりが取れるのを待って、薄目を開けた隙に唇を重ねた。

まだ緊張を残した唇が、自分のためにうっすらと開く。上唇を唇で啄《ついば》んで、晴臣はそうっと離れた。けれどためらいがちに目を開けた姿がかわいくて、また唇を塞いでしまう。

「ん…っ」

今度も昴は自分を受け入れてくれた。少し苦しそうに身を捩られたが、後ろに反らす体を引き戻して深く口づける。

薄い唇の奥で、濡れた舌が蕩け合うのが心地いい。探り合うように深いキスを繰り返していると、昴の体がゆっくりとほどけてきた。とろんとした顔で、昴は自分から腕を絡めてくる。濡れた唇を離すと、湿った息が零れた。

気恥ずかしさに耐えきれなくなったのか、愛しているという証《あかし》なのか、昴は自らシャツに顔をうずめた。

こうして体を預けられると、自分を受け入れられている気がする。腕の中にすっぽりと収まる体が無性に愛おしくなって、晴臣は恋しい男の体を抱き寄せた。

長々こらえてきたせいか、欲望で胸が高鳴る。

「寝室、行こう」

耳元に囁くと、昴がためらいがちに頷く。服越しに触れていた昴の指が、袖に皺をつけた。


服を脱がせる楽しみと、脱いでもらうのを見る楽しみはどちらが上だろう。服の上から肌に触れながら、晴臣はそんなことを考えた。

今日は初めて、昴の体をあますところなく見られる。その喜びは、自分を我慢の利かないバカな男に戻した。

昴の目はどこか不安がっている。触れるたびに、果実を盗んだ罪人のような顔をする。欲望と罪悪感の混じり合った、甘い誘惑に負けた男の顔だ。

「…っ」

憂いを帯びた表情を見られたくないのか、昴は隙あらば顔を隠そうとする。キスで顔を隠せないようにしてから、晴臣は腹まで捲り上げていたシャツのボタンを一つ外した。

「自分でボタン外して？」

耳元で囁くと、震える手がボタンを外し始める。いじめるつもりはないのだが、縋《すが》るような目がかわいくて、ついワガママを言ってしまう。

それもこれも、あまりに昴が素直なせいだ。

昴はこと恋愛——特に体を触られると、とたんに弱くなる。年の差のある相手との恋愛はしたことがないらしいから、勝手がわからなくて相手のなすがままになってしまうのだろう。

心の枷に戸惑いながらも気持ちよさに抗《あらが》えない姿を見ていると、誰も足を踏み入れていない雪を踏みしめるような、得も言われぬ快感がじわじわと胸に広がってくる。

「かわいい…」

ようやく光の中に晒《さら》された肌に触れると、昴がビクンと跳ねた。

「続けて。全部外して、俺に見せて」

ボタンを外させながら、晴匡はズボンに手をかける。腰を浮かせるように言って、足から引き抜いた。ついでに、靴下と下着も脱がす。自分も脱ぐと、はだけたシャツの上に掌を当てて、じんわりとした熱を味わった。

昴が全部ボタンを外し終えるのを待って、なめらかな肌を掌で味わいながらシャツから腕を引き抜く。薄皮を剝《は》ぐのと似た動きに、包丁が音もなく刃を通す時の心地よさをふと思い出した。身を隠すものを削《そ》がれた心許《こころもと》なさと、先を求める貪欲な男の飢えが、揺れる瞳の中で混ざっている。戸惑っている体を抱き寄せると、しっとりとした肌が掌に吸いつく。その感触を一つも逃すまいと、晴匡は体中に指を滑らせた。

全身を撫で回し、唇でもそれを味わうと、昴がひくっと喉を鳴らす。苦しげに身を捩る昴を引き寄せて、晴匡はあらゆる場所を舐《な》めた。

「なんで変なとこばっかり…っ」

膝の裏。くるぶし。足首。手の指の間。肘《ひじ》の内側。内腿。普段は隠されている場所を一つ一つ自分の手で暴いては、執拗《しつよう》に口に含み、舐め上げる。

「や…っ」

胎児のように縮こまろうとする体を、押さえつけて開かせる。足を掴んで、恥ずかしい部分を露《あらわ》にさせると、晴匡は内腿を撫で上げた。けれど肝心の部分には触れない。

「こっち触れって、もう…っ」

「触るよ。でもその前に触らずに勃《た》たせたい」

「バカじゃないの…っ」

ひくつく場所にあえて触れないまま、柔らかい内側の肉を口に含み、かわいがる。我慢できず自分で触ろうとした手を止めると、昴は泣きそうな顔になった。

「やだ…っ」

手を外そうとするが、手首を掴む力は緩めない。

「お願い、君のしてあげるから…っ」

「俺、バカだから」

自分のものがよく見えるよう膝立ちすると、昴が息を呑んだ。摑んだ手を反り立つものに近づけてやると、触れさせた指先がビクッと引く。

「昴も俺と同じくらいバカになってほしい」

「やぁっ」

両手を摑み、体をベッドに倒すと、昴のものには触れないよう、晴臣は昴の下腹に自分のものを擦りつけた。肌を擦られて、苦しそうにかぶりを振られる。

「無理だよ、そんな若くないのに…っ」

「俺と大して変わんないから大丈夫」

「変わるよ…っ」

年齢にこだわる愛しい恋人をうつ伏せにすると、自分で手を添えて、割れ目にも硬いものを押し当てる。

「ひっ」

「怖がらないで、挿《い》れないから」

「お願い、触らせて…っ」

その望みは叶えてやれない。晴臣は腰を使って自分のものを動かした。足が開いているから素股にもならないのに、先端が昴に当たっているんだと思うだけで、興奮して先走りが漏れる。

「それ、付き合うの無理…っ」

「そんなことないよ。あ、ほら…」

硬い感触に興奮しているのは、自分だけじゃない。ガクガクしている足の間で、もう一つのものも緩やかな角度で存在を誇示し始めている。

「できたね、昴…」

「君、なんでいじめっ子になってるんだよ、性格変わってる…っ」

「だって昴がかわいいから」

昴のものを握ると、体がビクッと跳ねた。

「望み通り触るね。二人でいこ?」

うつ伏せに覆い被さって扱《しご》くと、快感に弱いのか、自分より細いそれは待ちかねたように反り立った。手の中に擦り寄ってくるそれを思う存分甘やかしてやると、想いに応えて、一途なまでの従順さで精を吐き出す。

「んくぅっ」

生温かい白濁を自分の足とシーツにも散らして、乱れた呼吸のまま昴は上半身をシーツに埋めた。その尻の近くに、晴匡も吐精する。

けれど一度で収まるわけもない。すぐ復活したものを肌に当ててると、ゴツッとした感触が響いたのか、昴が目を見開いた。

「嘘。今出したのに…」

「好きだからね」

若いから、とは言わなかったのに「高校生並みじゃないかっ」と怒られる。覆い被さったまま足を大きく広げさせると、昴が慌てた。

「ま、待ったっ。そのままはダメっ」

「え」

「その…持ってる?」

その一言で、昴の求めているものがわかった。

「俺まだ買ってなくて。さすがにないままするのは無理…」

「あ…」

男同士のセックスについては、ネットで簡単に調べただけだ。それは多分互いにそうで…だからこそローションは欲しかった。浅い知識で触るにしては、あの場所は難しすぎる。こんなことになるなら、性別問わず経験者に話を聞いておけばよかった。

——ん? 経験?

「大丈夫。俺、いいの持ってる」

思い出して、晴匡は「待ってて」と言い残し、部屋を出た。小さな瓶を片手に戻ると、昴がまたたく。

「なにそれ」

「馬油《バーユ》。俺こないだ家で料理してて火傷《やけど》したんだけど、その時に店のおばちゃんに教えてもらったんだ。お勧め品。体にもいいらしいよ」

「ホントに？」

昴が怪訝そうな顔をした。

「生き字引きを信用しないのか？」

「そんな年じゃなかったよ、あの人達…」

店のパートのメインは五十代。確かにそう呼ぶには若すぎる。

「けどこれは大丈夫なんだって。色々いいことも聞いたんだ。なんでも女性が出産の時、体を開くのに使ったんだっ…」

「わ――――！」

真っ赤になって耳を塞ぐ昴に、こっちがビックリした。

「女性になんてこと聞いてんだよ、恥ずかしいっ」

「…ごめん」

「なんなんだよ、もうっ！」

なにがそんなに恥ずかしかったのかわからなかったが、うろたえている昴に「ごめん」と再度謝った。昴は布団にくるまって体を隠してしまう。布団の海に潜ってしまった昴に、晴匡は悩みながらも近づいた。

「…怒ったのか?」

「違うけど…っ」

「俺、安全だって言いたかっただけで」

「わかったからそれ以上言わなくていいっ」

なぜ怒っているんだろう。わからないが、そう言われると、これ以上言えることがない。

困っていると、昴を包んだ布団がモゾモゾと動いた。しばらくして、みのむし状態になった布団からくぐもった声が聞こえてくる。

「あのさ、そっちは気づいてないかもしれないけど、その…それ、俺が使うんだろ?」

モソモソ動き続けて、昴は布団から目だけを出した。

「なのにそういう話、女性から仕入れるの…シャレになんないよ…」

そこまで言われて、晴匡はやっと気づいた。

自分を女性に当てはめなければいけない行為を強いることに、どれだけ男のプライドが刺激されるか。それも年下からされるのは、年齢にこだわる昴にとって大変な決断だっただろう。

昴を抱ける嬉しさに目がくらんで、自分はそれをきちんと理解していなかった。本来なら、そこは一生誰にも触られることがない場所で――…。

「ごめん」

デリカシーがなかったことを謝ると、布団の中から手が伸びてきた。慰めるように、指が頬を滑る。

「俺、君にならしてほしいし、なにされても許せると思う。苦しくてもそれなりに耐えられる自信あるし。でもこればかりはどうしたらいいのかわからない部分もあって。年上でこんなこと言うのも情けないんだけど…」

自分に言い聞かすような口調だった。その言い方で、どれだけ不安だったのかわかる。

「お願いだから優しくして」

切実な願いに、胸が締めつけられた。さっきも、自分は夢中になっていたが、昴は途中で何度も無理だと言っていた。未熟者、という言葉が頭を過《よぎ》る。

昴はやはり大人だ。自分より、人を許すことも思いやりも知っている。自分は譲ってくれたその思いを軽視してはいけないのだ。彼の優しさに見合う男にならなければ。

晴臣は心を決めて、昴の手を取った。騎士さながらに、手の甲に自分の唇を押し当てる。

「約束する」

唇を肌に触れさせたまま、晴臣は誓った。

布団から出てきた無防備な体を、自分の傍まで引き寄せると、足を開かせて片膝に乗せる。胡坐《あぐら》の上にお姫様抱っこになったような形で昴は恥ずかしがったが、顔も見たいからこの方法が一番いい。

「もっと深く、見せるようにして」

「あっ」

後ろに落ちそうになって、昴が縋りついてくる。遠慮がちに背中に手を回していたから、首に手を回していいと伝えた。

指にゴムを嵌めてから、乳白色の緩い固体を指で掬い上げると、それをたっぷりと入口に塗りつける。指にもつけて、周りを丹念にほぐした。

「痛くない?」

「ん…っ」

指にゴムをつけてと頼んだのは昴の方だった。じかに触れたい気持ちがないわけではなかったが、しないとさせないと言われて従った。

緩いテクスチャーは人肌で溶けて、さらりとした透明の液体に変わり、肌に浸透しては消えていく。傷つけたくなかったから、晴匡は何度も瓶から掬い上げては塗り直した。

体の奥は熱くて、ゴム越しでも指先にじわりと熱が溜まる。指を奥まで進めると、感じるのかわずかに浮かせていた腰が一段と高くなった。羞恥で顔を真っ赤にしていても、どんなに指を進めても、昴は決して嫌がらない。

それが嬉しくて、指の腹で優しく入り口を解く。辛さがないように、指がふやけそうなほど時間をかけて広げる。

「苦しくないか？」

苦しいのか、気持ち悪いのか、気持ちいいのか。どのみち異物感はあるのだろう。曖昧《あいまい》に頷かれて、心配しながら指を引き抜く。

「あれ、なんだこれ…」

感触がおかしくて手元を見ると、指につけたゴムが薄くなっていた。少しべたついて、引っ張ったら変な風に伸びる。

「あ、油！」

「え、油ってそうなんだ」

初めて聞いた。

「おばちゃんの知恵袋にはなかったな。それ…」

「男が考慮することだから。俺のなら平気だと思う。そこの引出しにあるから…」

溶けかけたゴムを外して、晴臣はサイドテーブルを探った。すぐに見つけて、数枚ゴムを取り出す。

「持ってたんだ」

「そりゃ…」

昴は顔を赤くした。その顔が過去の相手との行為を想像させて、モヤッとする。年齢を考えれば経験があるのは当然のこと。頭では理解しているのに、他の相手と肌を重ねた歴史の欠片《かけら》をこうやって見せつけられると、その事実に悔しくなる。

「これ、誰とした残り？」

晴臣はゴムを指で挟んで掲げた。

「ちょ…嫉妬？」

「だったらなんだよ」

「バカ…」

「どうせバカだよ、悪かったな！　しょうがないだろ、好きなんだからっ」

言い返すと、顔を掴まれた。

怒られるのかと思ったら、嬉しそうな顔で唇を食まれる。驚いていると、もう一度唇が触れてきた。優しい感触に、昂りが止まる。指で髪を梳《す》かれて、泣きたかった気持ちが少し、落ち着いた。

「俺も、好き」

「昴…」

耳に被さる声に、さっきとは違う意味で泣きそうになっていると、ゴムをすっと奪い取られた。パッケージを破ると、目の前にしゃがんでゴムを反り立つものに当ててくる。

そのまま被せようとして、昴は少し困ったような顔で手を止めた。撫で上げるように、誇示した欲望に触れてくる。先端を掠《かす》った爪にゾクッとして、更に大きくなりそうな自分の素直さに参った。

するすると器用にはいかないまでも、昴は丁寧に根元まで被せてくれる。ゴムの息が詰まるほどの圧迫に、昴がさっきためらった理由がわかった。

「これM？」

「うん…きつい？」

「ちょっと」

余裕がなさすぎて、逆流しないか心配だ。

「汚したらゴメン」

先に謝ると、なぜか嬉しそうに微笑まれた。

「いいよ。そしたら俺が綺麗にしてあげる」

軽い口調で心臓を打ち抜くようなことを言われる。口づけされて、ときめきが止まらなくなった。

「しよ？」

恥ずかしそうに誘う姿に我慢できず、がばっと昴を押し倒した。何度もキスして、襲いかかる犬になる。

「勢いありすぎ」

笑いながら、髪を撫でられる。その指にキスして、晴臣は昴の中心を開いた。柔らかく湿った肉に自身を押し当て、腰を進める。

「んっ」

熱くて深い場所。けれどそこは狭くて、苦しかった。もっと先があるはずなのに、拒まれているかのように進まない。グッと強く入れると、昴が「いっ」と声を上げた。

「痛い？」

ううんと言われたが、きついのは見て取れる。したい。でも苦しめたくない。どれだけの負担を強いているのか想像ついてしまい、力が弱まる。

「なんで止まんの？　一気に来いって…！」

ためらっていると、昴が自分から腰を押しつけてきた。体の中にいるものに、グッと圧力がかかる。

「まずいって、無理は…！」

「したいんだよっ」

悲痛な声で怒られた。

「今したいのっ。挿れろよっ。全部挿れて…っ」

昴の言葉に、晴臣も自身を沈ませる。狭い中にぐぐっと体がめり込み、熟《う》れた体が搾《しぼ》るように自分を圧迫する。先にいけない。

それでもきつさをこらえて進めると、ふいに体がするっと奥へ滑り込んだ。一番敏感な部分に四方から縋りつかれて、頭がとろりとする。

「入った…」

「うん」

わかる、と昴は気恥ずかしそうに言った。髪を掻き上げてやると、嬉しそうに擦り寄られる。根元をきつく締めつける感覚も伴って、なんだか妙に感動した。

「やっと君を実感できた」

「昴、俺も…」

嬉しいと言おうとして、つい腰が動く。

「あっ」

「ごめん、痛かった？」

聞くと、昴は首を横に振って「いい」と甘い息を漏らした。痛くないようにゆっくりと動き始める。

自分が開いた場所は、初めてとは思えない柔らかさだった。こわごわと中を擦ると、優しく手を引くように奥へといざなってくれる。硬い楔《くさび》に内壁がしっとりと馴染《なじ》んだ頃を見計らって、晴臣は角度を少しずつ変え、昴の気持ちいいところを探し始めた。

昴の身体は素直だ。気持ちよさそうに弛緩《しかん》したり、恥ずかしそうに震えたり。気持ちを全部動きで伝えてくれる。上の方を突くと、ぎゅっと強く根元を締めつけられた。

「ここ、好き？」

当たっていたのだろう。昴が喉を鳴らした。それがかわいくて、何度もそこを責める。優しく、身も心も蕩《とろ》けるように——あんまりにもしつこくしたせいか、昴は途中で泣きそうに顔を歪めた。

「も、もういい…っ」

髪を引っ張られる。

「頭、変になる…っ」

「やっぱここ、いいんだ」

奥を楔で軽くつつくと、息を呑まれる。さっきよりも深く楔を沈めると、昴が身悶えた。

「そんなに好きなら、ここでいこうよ」

「あ…！」

深く抉《えぐ》ると、苦しげにもがかれる。奥まで呑み込まれた状態で体を持っていかれて、息を呑んだ。

「っ！」

いきそうになる衝動をこらえて、同じ場所を突く。

ここで終わらす気も、自分だけ先にイって昴を置いてきぼりにする気もない。無意識に逃げようとする昴の体を抱き起こし、晴臣は更に奥まで自分を呑み込ませた。過敏になっていた体は深い角度に耐え切れなかったらしい。びくびくと昴の先端が震え出す。透明な滴《しずく》を零し始める根元を摑むと、昴が「ひっ」と声を上げた。

「もう少し我慢して。二人でいきたい」

「俺、若くないのに…っ」

我慢が利かないものを、指が余計に煽ってしまったらしい。泣きそうな顔でかぶりを振られる。その耐えている顔の色っぽさに、ますます心が沸き立った。

「大丈夫。俺が止めてる」

一緒に気持ちよくなりたい。もっと深く、長く愛したい。気持ちが溢れて動きが激しくなる。それにつられて、昴を塞《せ》き止めていた手がずるっと滑った。

「や…!」

切羽詰まった声がした。

「離さないで、イっちゃ…っ」

「昴…」

「い、一緒…っ」

息が切れ切れで、声が出ていない。そのかわりとばかりにしがみつかれて、愛おしさにたまらなくなった。嬉しさでかわいい体を腰から目一杯揺さ振る。

「あ、あっ」

激しくなった動きに合わせて、昴の顔が、だらしないくらい気持ちよさそうに蕩ける。近すぎて視界から逃げてしまう顔を追いかけながら、晴臣は名前を呼び続けた。少しでも自分を見てくれるように。その言葉しか覚えてないのかと言われそうなほど、口が「昴」と繰り返す。

「晴臣、晴…っ」

楔を何度も呑み込んで、昴が頬を擦り寄せてくる。好き、と耳の中で声が溶けて、ぶわっと全身が総毛立った。

絶頂に任せて腰を浮かせるほど深く穿《うが》ち、精を放つ。根元を締めつけていた手を離すと、びくびくっと昴が痙攣《けいれん》した。官能的な痺れが背骨を通り抜けたのと同時に、腕の隙間から生暖かい白濁が飛び散る。

男の精液で肌を濡らしたのは初めてだった。他の男のものなら触るのもごめんだが、これは昴が自分に感じた証。勲章《くんしょう》だ。

誇らしい気持ちで肌についたものを指で掬っていると、昴の腕が緩やかに解けた。そのままベッドに倒れ込まれてギョッとする。晴臣は慌てて傍に寄り、顔を覗き込んだ。

「昴、大丈夫か?」

「ん…」

繋がっていた余韻なのか、見返してくる昴の顔は、どこか恍惚《こうこつ》としている。しばらくして、焦点の合わない瞳がようやく自分を見た。

「好き…」

薄く微笑んで、昴が手を伸ばしてくる。求められるまま唇を重ね合わせてから、晴匡は自分の髪についていた昴の残滓《ざんし》を、指でそっと拭い取った。

◆◆◆

――もう家に着いた頃かな。

翌朝、昴は短めのシャワーを終えると、ぎこちない足取りでバスルームを出た。洗面所にあるガラスに映る情事の痕に気恥ずかしくなりつつ、水気を拭き取り、服を着る。時計をパチンと腕に嵌めてから、時間を見た。

まだ別れてから一時間ほどしか経ってない。さっきまでの濃密な時間が嘘のようだ。

裸の男に抱きしめられた状態で、目を覚ましたのは初めてだった。今までも傍にいたのに、事後に顔を合わせるのが、あれほど恥ずかしくなるものだとは思わなかった。

口づけできそうな距離で、晴匡がモゾリと動く。眠たそうに目を開けた恋人は、いたたまれなくなっているこっちに気づくことなく、おはようと笑顔を向けてきた。

「おはよう」と言い終える前にキスを掠め取られる。唇、鼻先、頬。与えられるキスは際限がなくて、くすぐったさと嬉しさで困ってしまった。

その後も晴匡は甘えっぱなしで、息苦しくなるほど抱き寄せては、顔を見るたびにキスをしてきた。蕩けた顔で名前を呼んでは、体にベタベタ触りまくって、唇が腫《は》れるんじゃないかと思うくらい口づけばかり繰り返す。バイトだからと朝早くから準備をしながらも、帰りたくなかったらしく、玄関でもぎゅうぎゅう抱きしめてから名残惜《なごりお》しそうに出て行った。

年下の恋人は、みんなあんな感じなんだろうか。嬉しいが、感情の振り幅が大きすぎて摑みどころがない。普段は落ち着いて見えただけに、セックス中の意地悪さと、その後の甘えっぷりの差にこっちが戸惑ってしまう。もっとも、途中から自分もよがったり、好き好き言い続けたりしたので、人のことは言えないのだが。

「ホントに俺のこと、好きでいてくれてるんだな…」

愛されて、改めて実感する。

「俺相手に嫉妬とか。六歳も上なのに」

心配の必要はないよ、と言ってやりたい。性別の壁も年の差も、どうでもいいと思えるくらい、自分は晴匡に夢中なのだから。

「って、言っとけばよかったのか…？」

想像したら、カアッと顔が熱くなった。

「あーダメダメっ。うわーあー」

気恥ずかしさゆえの叫びは「あーあぁ…」と途方に暮れて終わる。

あんなに愛し合ったのに、もう触れられたいと思っている。昨夜みたいに抱きしめられたい。離れるとさびしい。もっとキスしてくれてもよかったよ？　なんて思っている自分が嫌だ。大人の威厳が台無しだ。

「ダメだ、俺…」

「あ、痛…」

叫んだせいでじわりとした鈍痛が下腹部に復活して、昴は浮かれた状態から引き戻された。

男同士とはこういうことか、としみじみする。

受け入れた場所が傷一つないのは、バスルームで確認したから知っている。広がって閉じないんじゃないかと不安だったが、愛された場所に変化はなかった。晴匡がどれだけ優しくしてくれたのか、それ一つでもよくわかる。

初めてした同性とのセックスは戸惑うことも多かったが、心から幸せになれた。だからあんなに感じたんだと思う。彼を手に入れた瞬間、自分はうっすらと感じていた背徳感も忘れてしまっていた。その後のことは…今は恥ずかしくて思い出したくない。

年下相手に年甲斐《としがい》もなくよくまぁ、と自分に対して思わなくもないが、実際抱かれてみると、あれほど恐れていた年齢の壁は感じなかった。

確かにやり方が若くてついていくのが大変だったが、それすらも心地いい。一体なにを恐れていたのかと、ちょっと笑えた。違う自分を見せつけられるのも、今は楽しみに思える。

ただ次は絶対、もう少し落ち着いた大人のやり方でやりたい。そういう場合、年上の自分が主導権を取ればいいのだろうか。いやその前に、抱かれる方が主導権を握っていいのか？　男同士の世界を知らなくて、答えが出ない。

「わかんないなぁ…」

考え込んでいたら、伊織の顔が飛び込んできた。ビクッと固まってから、顔を覗き込んでいた伊織に気づく。

「お、おかえりっ」

「ただいま」

と言ってから、ふーん、と伊織は観察するようにこちらを見てきた。

「な…なに？」

慌てて動揺を隠したせいで、声が上擦る。

「どうだった？」

「えっ」

「昨日、仲良くなれた?」

ギクッとした。

「な、なんの話?」

「隠さなくていいよ、知ってるんだから。大人は人がいないところで仲良くなるんでしょ。抱っこしてナデナデしてチューしたら、お父さんとお母さんになって結婚するんでしょ。大人は見られたら恥ずかしいからこっそりするんだって、お父さん言ってたよ」

「兄貴…」

一体、子供になにを教えているんだろう。ガッカリしていると、伊織は「でもね」と顔を上げた。

「先にチューしたのは僕なんだから、昴は僕と結婚しないとダメなんだよ」

「あー…」

その言葉で、なんとなくわかった。

伊織が、晴臣に留守を任せる間と言った意味。あれは、自分に優先権があるから奪われるはずがないという気持ちだったらしい。

「チューは約束のチューなんだからねっ。忘れちゃダメだよっ」

「う、うん」

頷くと、伊織はニコッとした。

「じゃあ僕、部屋で準備してるね」

満足そうな顔をして、パタパタと部屋に向かう。

「どこまでわかってんのかな…」

心配になったものの、その姿はかわいくて、昴の顔はいつのまにか緩んでいた。


その後の日々は瞬く間に過ぎていった。学校を辞めることになるので、兄のかわりに小学校へも義姉と一緒に挨拶に行った。

小学校の退学手続き。英文の在籍証明や成績証明書。これまた英文の出生証明書や、予防接種証明。予防接種は全て受けていたにもかかわらず、アメリカで必要な分には不足していて、慌てて病院に伊織を連れて行く羽目になった。時期的に他に何個か抜けていたら、数日での渡航準備は不可能だった。

兄には伊織のパスポートと渡航同意書を送ってもらう。転出届はどうするのかとか、航空便の荷物を作ったりとか、色んなことに振り回されながらバタバタと過ごして、その日はあっという間にやってきた。

大変だからいいと伊織は言ったのに、兄も見送りのためだけに福岡からまた飛んできた。

晴臣も、家から空港までついてきてくれた。家族だけでと遠慮していたのを、伊織が一緒に来てと誘ったのだ。

「大丈夫？　忘れ物ない？」

「うん」

伊織が義姉の傍で笑う。

成田《なりた》のターミナルにいると、小さなリュックを背負った伊織は一際小さかった。母親が傍にいるせいか、いつもより子供に見える。

今になって思えば、義姉が伊織を連れて帰ると言ったのはあくまでも希望であり、兄への軽い脅しだったんだろう。子供を連れて行くなら、準備期間に余裕を見て、一か月ほど前から行動した方がいいのはわかっていたはずだ。それでも口に出したのは、諦め切れなかったからか。結局、鬼さながらの強行スケジュールと、紛《まぎ》れのようなタイミングのよさでそれが叶ったけれど。

「そうだこれ。中で食べて」

昴は晴臣と一緒に、紙袋を差し出した。伊織が中を覗く。中身は、晴臣と一緒に作ったお弁当だった。重箱の中には、伊織の好物がたくさん入っている。

「卵焼きも入ってる。俺が作ったやつ。ちょっと形崩れてるけど」

「ありがと。早速食べるね」

伊織は重箱を見て嬉しそうに笑う。

「それと、これも。餞別《せんべつ》」

さみしくなるのをごまかして、昴はもう一つの袋を差し出した。こちらは柔らかい布製のエコバッグだ。

伊織が中を見ると、当たりマークを集めていたチョコレート菓子が透明なパッケージに包まれて、二つブロックになって入っていた。

「ごめんね、二人別々に買ったら重なっちゃった」

ゆっくり食べて、と言うと、伊織が笑いながら頷く。

「ありがとう、昴」

駆け寄る伊織に、昴は膝を折る。キュッと抱きつかれて、昴は両手で抱きしめた。伊織は外国の挨拶のように頬に擦り合わせて、こそっと耳打ちした。

「一年、待っててね。ちゃんと帰ってくるから」

「うん。体に気をつけて。髪ちゃんと乾かすんだよ？」

頭を撫でると、伊織は笑った。それから、後ろに立っていた晴匡を見る。

「僕が戻るまで昴を泣かせたら承知しないからね」

「わかった」と晴匡が言うと、遠くの方で人のざわつく気配がした。飛行機がまた一つ飛び立ったのだ。フライトインフォメーションボードが変更され、伊織の乗る、十一時発ワシントン直通便が一段上に表示される。

「伊織、そろそろ行きましょうか」

小さな頭がこくんと頷いた。義姉に連れられて、伊織がゲートに向かう。

「いってらっしゃい。伊織」

その声に、伊織が「いってきまーす。お父さん、昴ーっ」と手を振る。それから手を振っている晴匡を見つけると「昴を大切にしないと怒るからーっ」と最後に付け足しをしていった。

泣きたい気分なのは、自分だけだったのかもしれない。笑顔で去って行った後ろ姿を見つめていると、肩に手が置かれた。振り向くと、晴匡と目が合う。

「そんな顔してると伊織が落ち込むぞ?」

優しい眼差しが、髪を撫でる。

「メールもスカイプもあるだろ。心配しなくても、伊織とは全然離れてないよ」

「…そうだね」

そういう晴匡も、心なしかさみしそうな顔をしている。気が合ってたからなぁと思うと、胸にぽっかりとできた穴が少し埋まった気がした。自分と同じ気持ちを共有する人がこうして傍にいてくれるのは、心強い。

昴は晴匡を見上げた。

「あのさ、よかったら、この後うち来る？」

離れたくなくてそう言うと、晴臣がまたたいた。戸惑ったようにこっちを見てから、口元を緩ませる。顔に出さないよう頑張ってはいるんだろうが、見事な照れ顔だった。真正面からそれを見てしまい、こっちの方が気恥ずかしくなってしまう。

「いいのか？」

いいに決まってるのに、なぜか聞かれた。

「その…俺も一緒にいたいし」

さては、これを言わせたかったのか。晴臣の顔が更に嬉しそうになったところを見ると、これは彼なりの甘えなのかもしれない。だとしたら、優しくしてあげたい。

「今日は丸々空いてるから…」

言ったら、かあっと顔が熱くなった。これじゃ抱いてくれと言っているのと同じだ。年上なのに欲しがってはしたない、と内心消えたくなっていると、「俺も」と声がかかった。

「俺も、空いてる」

髪が顔にかかっていたのか、目の前でするりと手が動く。髪に触れる、しっかりとした指の節。淡く色づいた爪が、手の大きさには不釣り合いなほどかわいい。その優しい色に、なぜだか無性に触れたくなった。愛しい男の色に、自然と手が伸びる。

「ゴホンッ」

背後で咳払《せきばら》いされ、昴はビクッと手を止めた。振り向くと、奎吾が訝しげにこちらを見ている。

「あ、あれ？　兄貴いつから…」

「最初からいたが？」

そうだった。でも一瞬存在を忘れてしまっていた。とっさに一歩離れた晴臣を、奎吾はちらりと見やる。

「君、えーと高野君」

「はいっ」

「昴の家で会った時から気になってたんだが、昴とは一体どういう関係なのかな。伊織とも随分親しいようだし」

突然、家族チェックが入るとは思わなかったのだろう。晴臣は戸惑った顔をしている。

「バイトをさせていただいてたので」

ふーん、と奎吾は意味深な相槌《あいづち》を打つ。

「それだけで伊織は昴のことをそんなに頼むかな？　あんなにしつこく泣かせるなと念を押す意味はなんだろうって、はたで見てる分には思うんだけど」

「それは、えーと…」

「兄貴！　そういうのはまた今度に…っ」

「勿論、後で詳しく話を聞かせてもらうけどね。そうだな、まずは食事をしないか？　高野君も時間は大丈夫なようだし、みんなでじっくりと話がしたいな」

『みんな』と『じっくり』の部分を強調される。晴臣は覚悟を決めたのか、「喜んでご一緒させていただきます」と向き直った。だが、その対応は間違いだ。

晴臣はわかってない。親との関係が微妙だった分、子供の頃から兄がどれだけ自分をかわいがってくれたのか。人から話を聞き出すのがどれほど上手いのかも。

しかも奎吾は、自分が男を愛するようになったのを知らない。

「兄貴、話なら俺がするから…っ」

「大丈夫だって、昴」

「そうだよ、昴」

奎吾が意味ありげに微笑む。明るい笑顔を見せる晴臣の横で、昴はこの後起きる出来事を想像して、歪《いびつ》な笑みを浮かべた。

◆◆◆エピローグ

「やっと帰ってこれた…っ」

昴と一緒に家に入ったものの、晴臣は玄関で靴を脱いだところで力尽きた。ぐったりとした体の上から、「お疲れ」と優しい声が振ってくる。

「ありがと…」

腹の底から疲弊しきった声が洩れる。福岡に帰る奎吾を、後ろ姿が見えなくなるまでゲートで見送った後、真っ先に出た言葉は「まいった…」だった。心の声は「助かった」だ。顔に張りついた笑顔が長らく取れずにいたせいか、空港からの帰り道は、昴に何度も心配そうな目で見つめられた。

「ごめん、疲れたよね」

「いや、平気。でもちょっとビックリした。まさかあそこまでとは…」

「先に言っとけばよかったね。兄貴、本当に身びいき激しいんだよ。俺には特に甘いっていうか…。六歳も離れてるから、昔から子供扱いで過保護なんだ」

そういう問題じゃない気がする。

伊織の昴好きは、兄から受け継がれたものなのかもしれない。ライバルがいなくなってさみしいと思ったのもつかの間、こんな形で強敵が現れるとは。伊織との別れにしんみりしていた自分がいかに甘かったか、痛感させられる。

おまけに、さすが親子。喋り方やちょっとした仕種、表情がイチイチ伊織と似ている。伊織が成長したら、あんな感じになるんだろう。やり手で、逃げ道を全部塞いでから人を追い詰めて、優しい笑顔の奥でニヤニヤする、見た目はとびきりかっこいい――対峙《たいじ》する相手からしてみると非常にタチの悪い――男になるに違いない。おかげで問い詰められている間、昴にくっついて勝ち誇っていた伊織の顔ばかり思い出してしまった。

「けどよかったよ。なんとかわかってもらえたみたいだし」

「わかって…ええ?」

別れ際自分にのみ向けられた奎吾の厳しい視線を思い出してしまい、晴臣は項垂《うなだ》れた。ダメだ。やっと解放されたというのに、まだネチネチ地獄が尾を引いている。

「詳しく聞かせてもらう」の宣言通り、奎吾はかなりしつこかった。弟さんとお付き合いさせていただいてます、と言っても構わなかったが、昴の目が頑《かたく》なに拒否していたので、そこをぼかして話すと、重箱の隅をつつくような追及が始まった。

昴との出会い、バイトを引き受けた理由という当然の疑問から、毎日何時に来て何時に帰るのか、その全日程とタイムスケジュール。昴や伊織のプライベートにまつわる質問および引っかけ。その引っかけに見事かかってしまい、あの家の風呂を使ったこと、家に泊まったことのみならず、昴の寝室に入ったことまでバレてしまった。「掃除で中に入っただけです！」とすぐに釈明したが、「なるほど。掃除ね、掃除。食事を作りに行って、プライベートの塊である寝室を掃除…」と冷ややかな目で返された。

「まぁ違う意味でわかられたよな」

その後も色々答えたのだが、そのたびに、奎吾の中で『下心で家に潜り込んだんじゃないのか』という疑念が確信になっていったようだ。きっと彼は『計画的に近づいた若造に、かわいい弟がたぶらかされた』と思っているのだろう。去り際の奎吾の眸《ひとみ》は、早く昴の目を覚まさせてやらないと、という意気込みに溢れていた。

「ホントは俺がもっと上手くごまかせたらよかったんだけど」

「いいよ。あのお兄さん相手じゃ無理だろ」

しょんぼりとする昴を慰める。奎吾に誘われた時、昴が不安そうに自分を見ていた理由が、今ならよくわかる。

色々と説明している間「そうなんだ。へぇ、そうだったのか。それはそれは」とにっこりとしつつも笑ってない目で繰り返されるのは、かなり胃にきた。普通の相槌なのに、どうしてあんなに迫力があるのか。ぶれない視線と目力のせいだろうか。なかなかに怖い。

結局フライト時間ギリギリまで話は終わらず、三人での食事はしっかり奎吾に釘《くぎ》を刺されて終了した。

「昴はこの通り、素直というか、単純な性格でね。簡単に相手を信用してしまうから、悪い奴に付け込まれるんじゃないかって心配なんだ。絆《ほだ》された挙句、手ひどい仕打ちを受けて泣く羽目になったり、とかね。君ならわかってくれると思うけど」

『悪い奴』と『君なら』に異様なアクセントがついていたのは、自分宛てだったからだろう。嫌味に気づいて怒る昴を片手で制して、晴臣は「大丈夫ですよ。俺が傍にいますから」と答えた。

なにを言われても昴から離れる気はない。わかってもらえるまで戦うという、自分なりの宣戦布告だった。

伊織の「昴を泣かせるな」という命令を思い出す。言われなくても、悲しい目に遭わせたりしない。泣かせたりもしない。ベッドの中は別だが。

「大丈夫？」

声をかけられて、膝に力を入れ、立ち上がる。昴に勧められてソファーに座ると、慣れた質感にようやくホッとできた。昴はお茶を用意してくれている。久し振りに見るキッチンに立つ後ろ姿に、ちょっとときめいた。好きな相手とキッチン。愛しいものが目の前に揃《そろ》っていると、ムラッとくる。キッチンは自分が立つのが最高だが、恋人が立つのもたまらないい。

思わずうっとりして、それと同時に、いつもチョロチョロと部屋の中を動いていた小さな姿が見えないのを、少し物足りなく思った。

いたら邪魔——という気持ちがなくもないが、昴の傍を離れなかった強気な騎士がいないのは、張り合いがなくてさびしい。

「一年かぁ…」

「ん？」

「伊織、どんな風になってるのかな。あいつのことだから、かっこよくなるだろうな。背もグンと伸びたりして」

「うん」

昴が振り向いて、嬉しそうに微笑む。

「昴のことも、きっともっと好きになって戻ってくるよな。そうなると、俺大変かも」

なんせ強敵が二人。手強い。

昴はハハッと笑った。

「そんなことないよ」

「そうでもないぞ。あいつ一途だからな。結婚するって攫《さら》いに来るかも」

昴がなぜかピクッと固まった。視線が少し泳いでから、何事もなかったように動き出す。

「そうかな…」

「だと思うよ。俺は、絶対渡す気ないけど」

言うと、昴がまたたいた。照れたのか、うっすらと赤味を帯びた顔でコーヒーを持ってくる。テーブルにコップを置くと、ちらりと視線を向けてきた。

「今の、本気？」

「勿論。嫌？」

昴は首を横に振った。

「よかった。俺だけじゃなくて」

こそっと言われる。

安堵《あんど》した声につられて、晴臣は手を伸ばした。腕を摑み、引き寄せる。昴は抵抗することなく、膝の上に落ちてきた。その背中を抱き寄せて、キスをする。ちゅっと軽い音をさせると、ふいに腕が首に巻きついてきた。頬を染めた昴が、顔を覗き込んでくる。

「俺も同じ気持ちだから、心配しなくていいからね」

指が優しく髪を撫でてくる。もっと深く指を入れてほしいと思っていると、指先が奥まで滑り込み、地肌に触れた。

「つまり、その…」

長く見つめ合っていたせいか、自分が言おうとする言葉が恥ずかしくて耐えられなくなったのか、昴は言い淀むと、急にペットを撫で回すように大胆に髪に触れてきた。一歩間違えたらグルーミング。動く指の感触が、耳の後ろが、ゾクゾクして心地いい。

「その時は、伊織にちゃんと言うから。俺の特別な人は、君だって」

言い終わるなり、昴は桜のように耳まで淡く色づかせた。昴の照れ顔は、とてもかわいい。見ていると自分まで嬉しくなってくる。

「俺も、言う」

「うん」

笑顔を見せる昴に、顔を近づけた。重力で引き合うように、唇が重なる。

触れ合うのは気持ちいい。いくらでもしたい。この時間が永遠に続けばいいと思う。

次第に、キスだけじゃ収まりがつかなくなって、手が体を求めた。服の上から体を撫で上げると、くすぐったそうに身を捩られる。それがかわいくて、更に手が止まらなくなった。

もっと触りたい。見たい。体中にキスをして、全部自分のものにしたい。耳や頬。あちこちにキスをしながらシャツを捲ると、その手を覆うようにして止められた。

だが、嫌がっている動きじゃない。これはむしろ逆で――…。

「部屋、行く?」

艶めいた目で昴の方から誘われて、心臓が跳ねた。頷くと、携帯が鳴る。ビクッと震えた昴は、ズボンの後ろポケットに入れていた携帯を取り出した。

「はい、片平《かたひら》です」

仕事の相手だろうか。緊張したように、声のトーンが高くなった。はい、はい、と勢いよく答える。話している間に、昴の目はキラキラしていった。目の輝きに負けないくらい、声にも張りが出てくる。

「わかりました。ありがとうございますっ」

満面の笑みで携帯を切る。そしてすぐに携帯になにかを登録し始めた。

「仕事の話？」

「そう。下訳の打ち合わせだって」

あの書籍の話か。昴はスケジュールを入力すると、満足げな顔で携帯をソファーに置いた。こっちを見ると、聞き取れないほど小さな声と共に、こつんと頭が胸に当ててくる。

「なに？　なんてった？」

「これ、君のおかげだなぁと思って」

「ん？」

「諦めなくてよかった。ありがとう」

そんな小さなことで…。好きならやれ、と発破をかけたからだろうか。その仕事が取れたのは昴が今まで頑張った成果で、自分は関係ないと思うが、伝えた一言を大事に思ってくれるのは嬉しい。

幸せそうに擦り寄られて、胸がドクンと音を立てる。服越しの肌は、帰ってきたばかりのせいか、しっとりと汗ばんでいた。けれど、これは互いに気持ちが高まっているからかもしれない。体が火照《ほて》って、熱い。

「おめでと、昴」

「全部これからだけどね」

そんなことを言いながらも、昴の口元は緩んでいる。その顔がかわいくて、晴匡はまた口づけた。

こうやって触れ合っていると、心底好きだなぁと実感する。だから、この距離が嬉しい。昴も自分を求めてくれている。それが視線一つでわかるから、尚更《なおさら》愛おしい。

「ベッド行こうか」

今度は自分から誘った。

気恥ずかしそうな顔で頷かれる。晴匡はそっとその手を取ると、恋人と一緒に、思う存分愛し合える場所に向かった。

◆あとがき◆

初めまして。小宮山ゆきです。

これは、オカンが体のどこかに住みついているような二人の話です。こういう人いるなぁと思いながら書いていました。不思議なことに、実際も、女より男の方がオカン型は多い気がします。まれに男の中に芯から優しい人がいますが、彼らは多分オカン型なのでしょう。

今回の主人公・昴は、一人称が「俺」で、二人称が「君」です。なんとなく書いているうちにこうなったのですが、とても昴っぽいと思います。優しいけど優しすぎない。男っぽさもある。弱々しいわけではないが、人当たりはソフト。

彼は年齢を気にしていますが、その台詞は十歳以上離れてから言えと、個人的には思います。が、一昔前は六歳離れていたら充分年の差でした。昴の家は古風なので、考え方がやや古いままです。

晴臣は料理男子。今回たまたま全部いい方に作用していますが、実はややフェチで、今は馬油の虜になっています。意外と物事に嵌まりやすいようです。

その対抗馬（?）伊織は、一番男らしいかもしれません。大人びた口を利くだけではなく、本人も自分は一人前だと思っている。口が達者でこまっしゃくれたタイプですが、私は好きなので、書いている間楽しかったです。

なんやかんや恋人達はとても仲がいいため、もし目の前にいたら非常に邪魔くさく感じるのではないかと思います。なので、それを目の当たりにした奎吾の微妙な気持ちが少しわかります。伊織には、奎吾が抑えている間に戻ってきてもらいたいものです。


この本のイメージは、書き始めた当初シーソーか綱引きでした。どこをどう引っ張っていいのかわからないまま引っ張ってみたり、たるませてみたり。そんな二人の淡いやりとり。出来上がってみたら、完全な誤解ラブ。勘違いの末のタイミング読み合戦（もれなく失敗）を二人でしていました。

うっかり変わっています。シーソーはどこへ。不思議です。


今回昴兄弟は親と多少の距離があります。昴と奎という星にちなんだ名前を付けるくらいだから、きっと親はロマンチストだったのでしょう。なにかがあって、昔のロマンめいた気持ちを変えてしまったのか、実は昴達が知らないだけで隠れロマンチスト続行なのか。そう思うと、昴が育ってきた環境、彼の周りにいる人達の人生も気になります。

でも、佐々木のその後はあまり気になりません。調子よく好きなことしてそうなので。

今回、幸運にもこうして本を出させていただくことができました。色々書けて楽しかったです。

イラストの力で彼らが何倍も魅力的に見えます。嬉しいです。

のあ子様。お忙しいところ美しい挿絵をありがとうございました。

編集様、力を貸してくれた方々、これから頑張って下さる方々。皆様のおかげでこうして本を読んでもらえています。ありがとうございました。

この本を手に取ってくれたあなたには一番の感謝を。楽しんでもらえることを願って。

✦初出　彼とごはんと小さな恋敵……………書き下ろし

小宮山ゆき先生、のあ子先生へのお便り、本作品に関するご意見、ご感想などは
〒151-0051 東京都渋谷区千駄ヶ谷 4-9-7
幻冬舎コミックス　ルチル文庫「彼とごはんと小さな恋敵」係まで。

幻冬舎ルチル文庫

彼とごはんと小さな恋敵

2016年2月20日　第1刷発行

✦著者	小宮山ゆき　こみやま ゆき
✦発行人	石原正康
✦発行元	株式会社 幻冬舎コミックス 〒151-0051 東京都渋谷区千駄ヶ谷 4-9-7 電話 03(5411)6431[編集]
✦発売元	株式会社 幻冬舎 〒151-0051 東京都渋谷区千駄ヶ谷 4-9-7 電話 03(5411)6222[営業] 振替 00120-8-767643
✦印刷・製本所	中央精版印刷株式会社

✦検印廃止

ISBN978-4-344-83659-4　C0193　Printed in Japan